後宮の薬師《くすし》

平安なぞとき診療日記

小田菜摘

JN124072

PHP
文芸文庫

○本表紙デザイン＋ロゴ＝川上成夫

目次

大内裏見取図

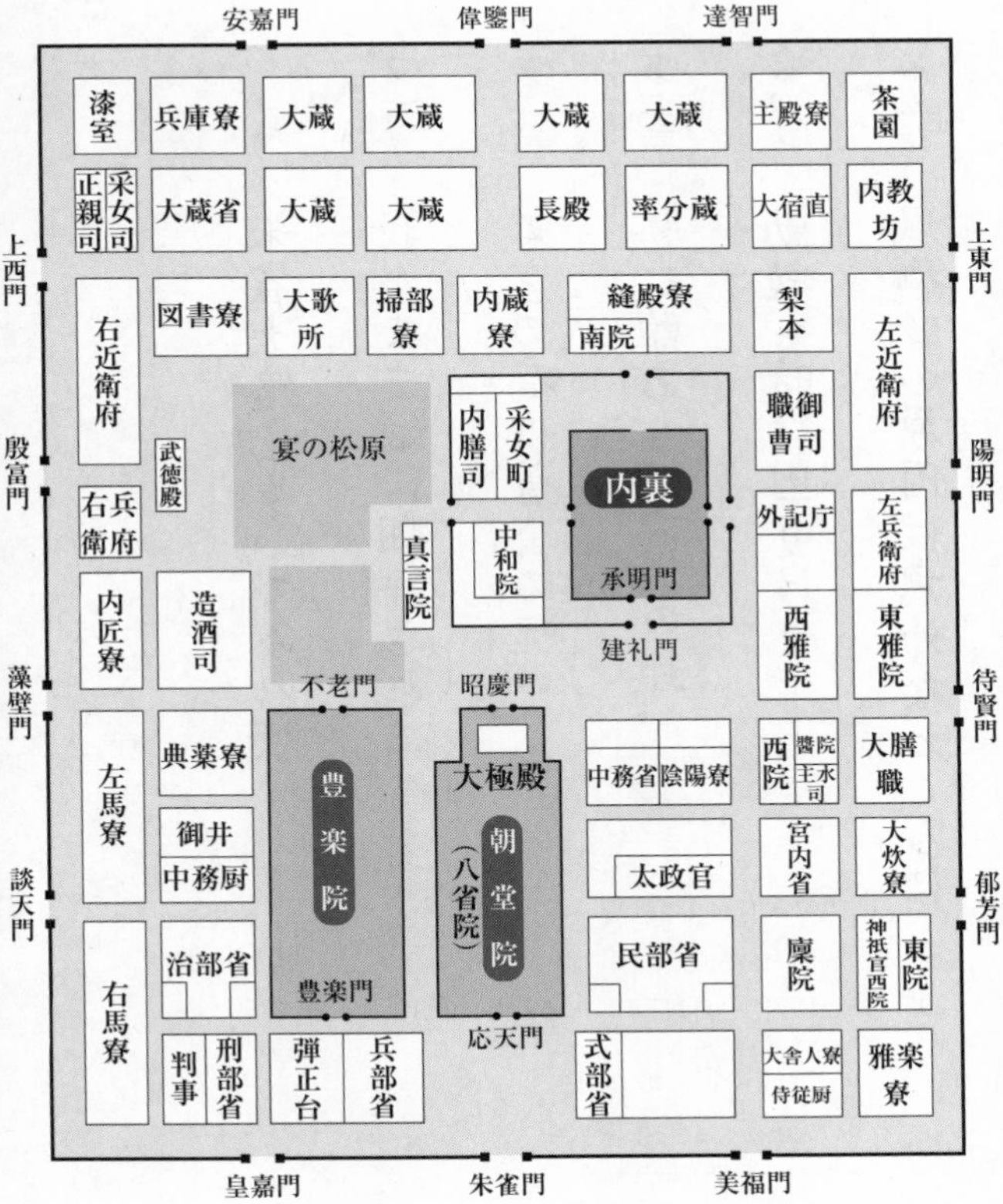

参考：『ビジュアルワイド　平安大事典』（倉田実編、朝日新聞出版）ほか

内裏見取図

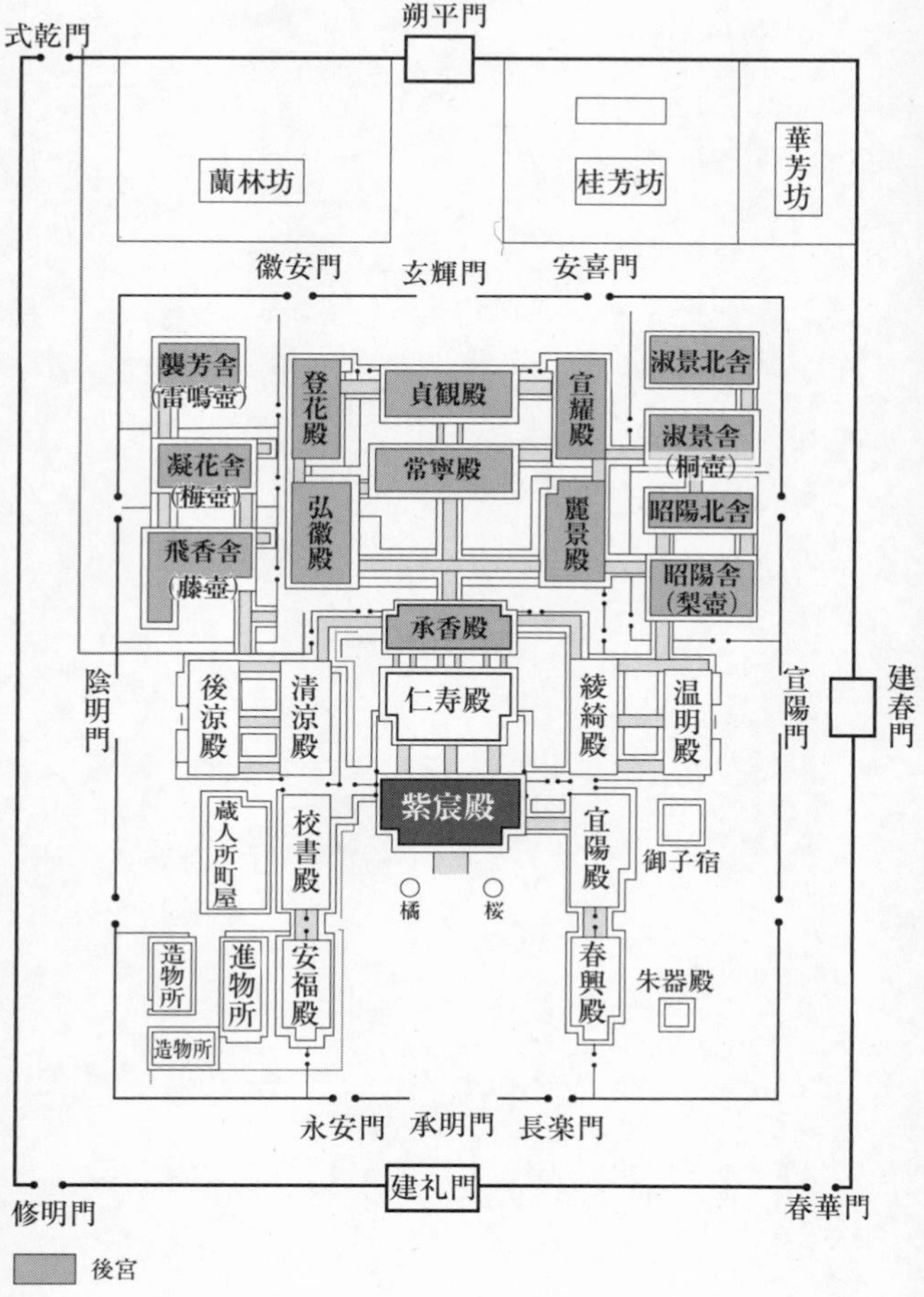
朔平門
式乾門
蘭林坊
桂芳坊
華芳坊
徽安門
玄輝門
安喜門
襲芳舎
（雷鳴壺）
登花殿
貞観殿
宣耀殿
淑景北舎
淑景舎
（桐壺）
凝花舎
（梅壺）
常寧殿
弘徽殿
麗景殿
昭陽北舎
飛香舎
（藤壺）
昭陽舎
（梨壺）
承香殿
後涼殿
清涼殿
仁寿殿
綾綺殿
温明殿
陰明門
宣陽門
建春門
蔵人所町屋
校書殿
紫宸殿
宜陽殿
御子宿
橘
桜
造物所
進物所
安福殿
春興殿
朱器殿
造物所
永安門
承明門
長楽門
建礼門
修明門
春華門
後宮

後宮の薬師《くすし》――平安なぞとき診療日記

序　朱雀大路《すざくおおじ》を歩いてみれば

平安京の入り口にそびえ立つ羅城門《らじようもん》は、緑釉瓦《りよくゆうがわら》と朱塗《しゆぬ》りの柱が鮮《あざ》やかに美しい巨大な二重閣である。

七つある間口《まぐち》の中程をくぐりぬけると、その先にはまるで広場のように幅広な朱雀大路《すざくおおじ》がまっすぐに延びている。

そこから両翼《りようよく》に目をむければ、東寺《とうじ》と西寺《さいじ》それぞれの五重塔を左右対称に眺《なが》めることができるのだった。

「やれやれ、やっと着いたか」

などとぼやきながらも、ここまでずっと連れ立ってきた品官《ほんかん》（四等官外の役人で特定の技術職に専従する）の表情は明るい。博多津《はかたつ》（津は港の意）から瀬戸内海を経て畿内《きない》に至るという長旅の疲れは微塵《みじん》も見られなかった。彼の少し後ろで疲れきった顔をしている安瑞蓮《あんすいれん》とはあまりにも対照的である。

「ささ、筑前守《ちくぜんのかみ》様の邸《やしき》まではあとわずかじゃ」

品官は弾《はず》んだ声で意気揚々《ようよう》と歩きだした。そろそろ老境に差しかかろうという五十男だというのに、その足取りは二十四歳の女盛りの瑞蓮より確実に軽かった。長年の地方勤務から開放されてようやく帰京が叶《かな》ったのだから、とうぜんかもしれないが、瑞蓮の方は疲労困憊《こんぱい》でとてもそんな気力はない。

（何日も歩いてきたっていうのに……）

気合いを入れなおすよう、瑞蓮はうんと声を漏《も》らして背伸びをした。その彼女の風采《ふうさい》に、羅城門付近にたむろしていた者達は畏怖《いふ》の眼差《まなざ》しをむける。

一言で言えば、彼女は異相《いそう》だった。

後頭部の高い位置できりりと結んだ長い髪は、花穂《かすい》をつける前の薄《すすき》のような赤みのある淡い色。天竺《てんじく》の人間のように彫りの深い端整《たんせい》な面立《おもだ》ちに、双眸《そうぼう》は極上の琅玕《ろうかん》（美しい玉）を思わせる深く濃い翠色《みどりいろ》である。

小柄《こがら》な男であれば余裕で見下ろせる、すらりとした長身にまとう衣装は幾何学的《きかがくてき》な紋様《もんよう》が刺繍《ししゅう》された胡服《こふく》で、こちらも一般的とは言いがたい。とはいえ雨水《うすい》（旧暦の一月下旬、新暦では二月下旬頃）というまだ寒さが厳しいこの時期に、しっかりした厚手の生地《きじ》で襟元《えりもと》に毛皮が施《ほどこ》されているこの衣装を着られる彼女の暮らし向きはけして悪いものではないはずだった。

渋々大路を歩きはじめた瑞蓮だったが、いくらも進まないうちに訝《いぶか》しげな顔となり、横を歩く品官に尋《たず》ねた。

「あの、ここって本当に朱雀大路ですか？　けっこう寂《さび》れているような……」

けっこうとは実は遠慮した表現で、本音《ほんね》では〝かなり〟と言いたいところだった。朱雀大路は条坊制《じょうぼうせい》の平安京を東西に分かつ中心路のはずだが、それらしい賑《にぎ》わいは微塵もない。

まず人通りがまばらである。左右の道沿いはのっぺりとした築地塀《ついじべい》がつづくばかりで、目を惹《ひ》くような立派な門も豪奢《ごうしゃ》な建物も見当たらない。

大小の礫《れき》が転《ころ》がった路面は轍《わだち》のあとを残したまま泥を固め、ぼうぼうと雑草を繁《しげ》らせている。元々は街路樹として植えたであろう柳は、手入れされることもなく無《む》尽蔵《じんぞう》に枝を伸ばし、路面で無残に折れ曲がっていた。その中で恐らくは落雷《らくらい》の被害を受けたのであろうと思われる幹《みき》のひとつが、倒壊寸前《すんぜん》の朽《く》ち果てた残骸《ざんがい》をさらしている。

これがまことに都《みやこ》の大路であろうかと、目を疑う廃《すた》れようである。

犬走《いぬばしり》（築地と溝の間の小路）も含めて二十八丈《じょう》（約八十四メートル）と幅が広いだけに、道というより荒れ野が延々とひろがっているようにしか見えない。

（これだったら、大宰府《だざいふ》の朱雀大路のほうが栄えているんじゃない？）

西海道《さいかいどう》九国二島（現在の九州の大半）を統《す》べる巨大な地方官衙《かんが》・大宰府の朱雀大路は、道幅こそこの半分程度しかなかったが往来はいつも賑わっていた。官衙に勤める役人達はもちろん、大陸との交易《こうえき》の拠点《きよてん》である鴻臚館《こうろかん》、博多津から来た商人達も多数行き来していた。

もっともその両地区、特に大宰府などは、先年の反乱でひどい損害を受けており、いまは復興の最中ではあるのだが。

寂《さび》れているという瑞蓮の指摘に、品官はう〜んと低く唸《うな》った。

「わしも長いこと離れておるからな。されど京《きょう》の朱雀大路は、元々このようなものじゃ。確かに前よりさらに廃れたようにも見えるが……」

まさかと思わず声をあげかけた瑞蓮だったが、さらなる驚きに絶句する。

少し先の草が生《お》い茂った箇所《かしょ》で、放し飼いにされた牛が草を食《は》んでいたのだ。

「冬場は草が少ないからなあ」

品官は驚きもせず、懐《なつ》かしいものでも見るような目で耳を疑うことを言う。よく見ると、少し離れた場所で牛飼い童《わらは》が座りこんで鼻をほじっているではないか。

いよいよ瑞蓮は言葉を失った。

主上《おかみ》のおわす都の正面大路で、これはなんというすさまじい光景か。ひょっとしてこの京の都も大宰府同様、先年の乱で被害を受けていたのだろうか。後に『承《じょう》平天慶《へいてんぎょう》の乱』と称される二つの反乱は、坂東《ばんどう》と西国《さいごく》が主戦場となり、畿内《きない》には被害が及んでいないと聞いていたのだが。

しかしこの瑞蓮の懸念《けねん》は、すぐさま覆《くつがえ》されることとなった。なぜなら朱雀大路を進んでほどなくして、七条大路を右に折れて左京《さきよう》に入ったからだ。

左京、右京は内裏《だいり》がある北から見た方向を指すので、羅城門から来たのなら左京は右の方向になる。

七条《しちじよう》大路を少し進むと東市《ひがしのいち》につきあたる。そこは驚くほど多くの店と数多《あまた》の人間があふれ、すさまじいまでの熱気と活気に満ちていた。

世間話、値切り交渉、売りこみの声。無数の人々が周りを憚《はばか》ることなく、むしろ競うかのように声を張り上げている。

扱っている品物も雑多に及ぶ。米、麦の主食はもちろん、稗《ひえ》、粟《あわ》、蕎麦《そばむぎ》、豆等の穀物。魚に干し肉、野菜に木の実。塩に酢、味噌等の調味料。麻や絹の反物《たんもの》に生糸《きいと》に染料。農耕具や刀等の鉄製品。油に土器《かわらけ》等々、生活必需品から贅沢品《ぜいたくひん》まであらゆるものが売られている。

瑞蓮が生まれ育った鴻臚館周りの唐坊《とうぼう》（中国人街）やその先の博多津でも、軒《のき》を連《つら》ねる数多くの店が唐物《からもの》も含めて様々な商品を扱っていたが、こちらはそれを上回る規模である。

たむろする人々の服装は、女は褶《しびら》を巻いた粗末な小袖《こそで》。男は水干《すいかん》か直垂《ひたたれ》。中には下級役人の装束《しょうぞく》、布衫《ふさん》を着ている者もいる。男の中には襤褸《ぼろ》をまとっただけの裸《はだか》同然の者もいて、この季節に凍《こご》えやしないかと心配になるが、酒の入った土器を脇に置いて博打《ばくち》に精をだしている。

蒸《む》せるような人いきれの中、すえた汗《あせ》の臭《にお》いと食物を煮炊きする匂《にお》いが交《ま》じりあう。

「おい、はぐれるなよ」

油断すればすぐに肩がぶつかるような人込みの中、先を進んでいた品官が声を大きくする。言われなくても承知している。こんな右も左も分からぬ場所で置いてきぼりにされては堪《たま》ったものではない。それでなくともこの容貌《ようぼう》で、すれ違う人々から奇異の眼差しを向けられつづけているというのに。

どれくらい進んだだろう。途中で北に折れて小路《こうじ》に入ると、いくらか静けさが戻った。それからいくらも歩かないうちに、切妻造《きりづまづくり》の屋根を備えた棟門《むねもん》の前に着いた。

「おお、あったあった。ここじゃ」

品官が指差した邸を、瑞蓮は一瞥《いちべつ》する。

「ふうん。立派なお邸ですね」

七条坊門《ぼうもん》小路沿いにあるその邸は、敷地こそさほど広くはないが、手入れの行き届いた築地塀を巡《めぐ》らせていた。維持に手間暇《てまひま》がかかる築地塀の有様《ありよう》は、その家の経済状況を示している。大路ではなく小路に面している点から考えて、物持ちの中流貴族の典型的な邸宅といったところだろう。

「そりゃそうだろう。なんたって小野《おの》様のご親戚だからな」

「親戚って、北の方の弟の北の方の兄だなんてそうとう遠縁だと思いますけどね」

回文のような瑞蓮の物言《ものい》いに、品官は肩を揺らして大袈裟《おおげさ》に笑い「待っておれ、取次ぎを頼んでくる」と言って門をくぐっていった。

まずは先達《せんだち》というわけだ。確かに自分のような容姿の人間がいきなり入ってきたら住人はびっくりするだろうから、あらかじめ説明は必要だ。都では倭人《わじん》とよく似た容貌の唐人や高麗人《こまびと》でさえ、目にすることは少ないだろうから。

築地塀にもたれてぼんやりとしていると、被衣《かつぎ》をかぶった女がぎょっとした顔で足を止め、すっと目をそらして逃げるように去っていった。

博多からここに来るまで、何度も遭遇《そうぐう》した光景である。もちろん博多にいたときだって幾度も同じ経験をした。もはや慣れっこで傷つくことなどないが、不愉快にはちがいない。小さく舌《した》を鳴らすと、瑞蓮は忌々《いまいま》しげに独《ひと》りごちた。

「まったく。小野様の縁じゃなければ、誰がこんなところまで足を延ばすものですか」

天慶七年（九四四）如月某日《きさらぎぼうじつ》。

筑前の薬師《くすし》・安瑞蓮は、平安京にはじめて足を踏み入れた。

第一話　我がまま姫に翻弄《ほんろう》されて

「乙姫《おとひめ》、いい加減になさい！」

「姫様。お父様と小野参議様《おのさんぎさま》がご手配くださった方ですよ」

御簾《みす》のむこうの母屋《もや》では、北の方と乳母《めのと》が懸命に説得を重ねている。

かれこれ四半刻《しはんとき》（約三十分）にも及ぼうかというそのやりとりを、瑞蓮《すいれん》は廂《ひさし》の間に用意された円座《わろうだ》に座り、白《しら》けきった態《てい》で聞いていた。

俗に寝殿造りと呼ばれる住居は、中心部の母屋とその周囲を囲む廂で構成される。ここまでが屋内で、時刻や季節により御簾や建具《たてぐ》で仕切って使う。母屋は家族が使う空間で、客人は通常廂までしか入らない。

廂の周囲には簀子《すのこ》と呼ばれる濡《ぬ》れ縁《えん》があり、通路として使われている。季節や相手によっては、ここで接客をするのも一般的だ。

中門《ちゅうもん》（内門）から対《たい》の屋《や》（主殿に対する別棟《べつむね》）の簀子を通って案内された場所は寝殿、主人の住まう主殿である。つまり御簾の中の奥方は筑前守《ちくぜんのかみ》の正室で、いまなだめられている娘は正嫡《せいちゃく》の姫様というわけだ。

瑞蓮は欠伸《あくび》をかみ殺しつつ、時季的にしっかりと閉ざされたままの建具に目をむけた。

ここに来るとき、簀子から眺《なが》めた南庭《だんてい》は美しかった。前栽《せんざい》として梅に椿《つばき》、水仙《すいせん》などの初春の花卉《かき》が彩《いろど》りよく配され、小さいながらも設《しつら》えられた池の築山《つきやま》には、この季節だからこそ青々とした美しさが際立《きわだ》つ松が趣《おもむき》のある形に枝を伸ばしていた。せめてあの庭を眺めることができるのなら、この退屈から少しは逃《のが》れられるであろうに。そんなことを考えつつ、閉ざされた建具に虚《むな》しいため息をつく。

「誰もそのようなことは頼んでおりませぬ」

母屋の奥から、ふて腐《くさ》れた若い娘の声が聞こえた。

先刻から時折響《ひび》く甲高《かんだか》いこの声の主《ぬし》こそ、瑞蓮が上京した唯一《ゆいいつ》の目的。筑前守の末子であり、末娘の茅子《かやこ》、御年《おんとし》十三歳の姫君である。乙姫とは妹の姫君に対しての呼び方である。

「昨日来た和気《わけ》様もそうよ。私が頼んだわけでもないのに、二人とも勝手に来ただけじゃない」

きんきんとした声で、権高《けんだか》に茅子は言う。詳細《しょうさい》は分からぬが、どうやら昨日も似たことが起きたらしい。

それにしても、どうした傲慢《ごうまん》な言いようだと瑞蓮は辟易《へきえき》した。

わざわざ足を運んだ相手に、この非礼な態度。仮にその和気という人物がこれと同じ扱いを受けたのなら、さぞかし憤慨《ふんがい》したことであろう。

まったく。自分が母親なら力ずくで引きずり出しているのに、などと苦々《にがにが》しく思う瑞蓮の前で、御簾むこうの品の良い北の方は困り果てておろおろするのみである。

「そんなことを言っても姫や。その顔のままではそなたにさわり……」

「放っておいて!」

北の方の訴えを茅子の金切《かなき》り声が遮《さえぎ》った。あまりの剣幕《けんまく》に、それまでどこか他人事《ひとごと》のように聞いていた瑞蓮もびくりと身体《からだ》を震《ふる》わせる。

「ひ、姫様……」

おびえつつもなだめようとする乳母を無視して立ち上がると、その勢いのまま茅子は御簾際《ぎわ》まで出てきた。しかし廂にいる瑞蓮を目にした途端、勢いを削《そ》がれたように黙《だま》りこんでしまう。

大方《おおかた》なにか乱暴なことでも言って、追い返そうとしたのだろう。だが瑞蓮のあまりにも特徴的な容姿に驚かされ、言葉を失ったというあたりか。御簾を隔《へだ》てていても、明るい髪の色や彫りの深い目鼻立ちは分かるはずだ。なにしろ瑞蓮のほうからだって、ある程度は茅子の姿形《すがたかたち》が見えるのだから。

対抗するように、瑞蓮は茅子の姿を見上げる。

小柄な身体にまとった紅梅色《こうばいいろ》の衣《ころも》から、視線を上にと動かす。艶々《つやつや》とした黒髪につつまれた茅子の面《おもて》は、彼女が着ている袿《うちき》と同じ色合いに見えた。

（なるほど、確かに重症っぽいわね）

年頃の娘の顔面がこれなら、そりゃあ荒《すさ》むだろう。

あまりの癇癪《かんしゃく》にすっかり辟易していた瑞蓮だったが、さすがに少しばかり哀《あわ》れみの情が生じかけた、のだが――。

「帰ってちょうだい。薬師《くすし》なんてもううんざり。えらそうなことばかり言って苦い薬ばかり飲ませるくせに、なんの役にも立たないんだから。陰陽師《おんみょうじ》やお坊様に祓《はらえ》や祈禱《きとう》を頼んだほうが、苦くないだけよっぽどましよ」

いきなり投げかけられた暴言に、同情が一気に萎《な》えた。最初こそ瑞蓮の異相に動揺していたようだが、悪い意味で元の態度を取り戻している。

「乙姫様っ」

「姫。なんと失礼なことを」

北の方と乳母が懸命になだめるが、瑞蓮の怒りは頂点に達していた。

（はあ、ふざけんじゃないわよ。こっちは気乗りしないところをあんたの父親に頼まれて、わざわざ博多《はかた》から足を運んだっていうのに⁉）

呪術《じゅじゅつ》や祈禱に固執《こしつ》する者が、薬師、すなわち医者の診療を拒否する例は珍《めずら》しくもない。家族や知り合いに頼まれて足を運んだにもかかわらず、病人から診察拒否を受けた経験は瑞蓮にも幾度かあった。

それも筑前（現在の福岡県北西部・大宰府《だざいふ》が置かれていた）なら〝またか〟とも思えるが、ここは京の都《みやこ》である。無駄足でしたねと笑って済ませられる距離ではない。

（だから、あれだけ断ったのに！）

瑞蓮の怒りは、むしろ茅子の父である筑前守のほうにむかっていた。気が進まないのを強引《ごういん》に言い含められ、渋々《しぶしぶ》上京した結果がこれだ。まったく人に徒労をかけるのなら、最低限の義務として当人の説得ぐらいしておくべきではないか。いくら親心とはいえ、先走るにもほどがある。

こんな我がまま娘がどうなろうと知ったことかと、怒りのまま立ち上がろうとしたときだった。

「乙姫、おられますか？」

妻戸《つまど》が音をたてて開くのと同時に、若い男が廂に飛びこんできた。

とうぜんながらここまでの緊迫《きんぱく》した空気など知る由《よし》もないとみえ、青年はなんの躊躇《ちゅうちょ》もなくずかずかと中に入ってくる。

だが少しして、その先に座る瑞蓮に気付いて足を止める。案の定《じょう》、彼は驚いた顔をした。自分の外見を考えればその反応自体はあたり前なので、瑞蓮は特に気を悪くすることもなく、逆にとうぜんの権利とばかり、対抗するように青年を観察した。

年の頃は二十歳《はたち》前後。あるいはもっと若いかもしれない。大きな円《まる》い目が素直な気質を感じさせる。清潔感があり、人好きのする印象の好青年だった。

鳥ノ子色《とりのこいろ》（淡い黄色）の狩衣《かりぎぬ》に包まれた身体は細くて少年のようだが、上背《うわぜい》は瑞蓮と同じくらいで男としては普通であろう。この家の家人《けにん》（使用人）だとしたらなかなか品のある装《よそお》いなので雑仕《ぞうし》ということはなさそうだ。

「まあ、和気様」

御簾のむこうで乳母が驚きの声をあげた。その名前に瑞蓮は記憶があった。

（和気って昨日来たっていう？）

乳母が呼んだ名に、先程の茅子の暴言を思いだす。

──私が頼んだわけでもないのに、二人とも勝手に来ただけじゃない。

では彼がその和気様なのだろうか？　しかしそんな言われようをした人物が、これほど堂々と入室するものなのか。あるいは茅子も本人の前ではもう少し柔《やわ》らかく対応し、先程は彼がいないのをいいことに本音《ほんね》とも暴言とも取れる言葉を吐《は》いていたのかもしれない。

首を傾《かし》げる瑞蓮の前で、青年はわれに返ったように母屋のほうにむきなおる。それまで彼は無遠慮《ぶえんりょ》なまでにまじまじと瑞蓮を見つめていた。

「乙姫。実は新しい薬を――」

「いらないわよ、そんなもの！」

絹を引き裂《さ》くような悲鳴と同時に、茅子は奥に引き返した。だがすぐさま乱暴な足取りで戻ってくると、大きく右腕を振りかざす。

ばさりと御簾が割れ、飛び出してきた土器《かわらけ》が音をたてて廂の間に砕《くだ》け散った。破片とともに濃い色の液体が板の間ににじむ。馴染《なじ》みのある苦い臭《にお》いがあたりに充満する。土器に入っていたものは煎《せん》じ薬《ぐすり》だったのだ。

そのことに気付いたせつな、青年の出現でいったん引きかけていた瑞蓮の怒りがまたぶり返した。

（もったいない！）

高価な薬をこんなふうに扱う、物持ちの傲慢さが腹立たしくてならなかった。都の事情は知らぬが、博多の町にはこの薬が買えないばかりに苦しい症状も我慢せざるを得ない人間が大勢いるというのに。
憤《いきどお》る瑞蓮を挑発《ちょうはつ》でもするように、茅子は次々と物を投げてくる。人にぶつける
つもりはないとみえて無人の場所に放ってはいるが、北の方も乳母もおろおろする
ばかりで、力ずくで止めるつもりもその力量もなさそうだ。
たちまち廂は、幾種類もの品物で埋めつくされた。
茅子が投げたものは、すべて薬であった。不幸中の幸いというべきか、土器はな
く最初のような惨事にはならなかった。それでも床《ゆか》には固形の丸薬《がんやく》や、煎じる前の
生薬《しょうやく》が落ち葉のように散らばっている。加えて軟膏《なんこう》入りと思《おぼ》しき小さな薬壺《やっこ》もい
くつかあったが、こちらは金属製で割れることはなく無事であった。
その有様《ありさま》に、瑞蓮は啞然《あぜん》とした。
（え、こんなにたくさんの薬を使っていたの？）
御簾の先では、投げるものがなくなった茅子が肩で息をしていた。あれだけ興奮
していたのだからとうぜんだろう。
「た、大変っ……」
声に振り返ると、和気という青年が床に散らばった薬をかき集めている。

「これは人参《にんじん》。こっちは牡丹皮《ぼたんぴ》。えっとこれは——」

生薬の名称を的確に口にする青年に、瑞蓮は目を見張った。

視線を感じたのか、青年はひょいと顔をあげて円い大きな目を瞬《またた》かせた。

「あの、怪我《けが》をしていますよ」

「え？」

青年はいざりよると、瑞蓮の右腕をつかんだ。少年のような外見からは想像もできない、意外なほどにがっしりとした大きな手であった。

「ほら」

他人のもののように見せつけられた自分の右手の甲《こう》には、線を引いたように血がにじんでいた。

「え、いつのまに？」

「土器《かわらけ》の欠片《かけら》がかすめたのでは？」

青年の言葉に瑞蓮は表情を険《けわ》しくする。指摘されるまで気付かなかったぐらいだから、たいした痛みではなかった。しかし職業柄、特に利《き》き手の怪我には神経質になってしまう。

青年に手を預けたまま、瑞蓮はちらりと茅子を見やる。

あんたの癇癪のせいで私は怪我をしたのだ。そんな非難の思いを冷ややかな視線にこめると、御簾のむこうで茅子はびくりと肩を震わせた。

空気が張り詰める。だが、その緊迫はすぐに破られた。

跳ね上がった御簾が高波のように大きくうねったかと思うと、とつぜん茅子が表に飛び出してきたからだ。

露《あらわ》になった茅子の素顔は、実に痛ましいものだった。

赤く腫《は》れ上がった大小の無数のできものが、頬《ほお》や顎《あご》を埋め尽くしている。痒《かゆ》みか痛みがあるのだろうか。特に大きな顎の腫物《はれもの》は引っかいたと見えて、血と膿《うみ》が入り混じってうっすらとにじんでいた。

先程御簾越しに見たときに、ある程度の予測はしていた。だが、こうして直《じか》に見たその症状は思ったよりもひどかった。

（想像より、ちょっときついかな……）

特に女人《にょにん》であれば心を痛めずにはいられないであろう症状だったが、瑞蓮は眉《まゆ》一つ動かさずに冷徹な眼差《まなざ》しをむける。哀れみなど微塵《みじん》も見せないその反応をどう受け止めたのか、やにわに茅子は地団駄《じだんだ》を踏みはじめた。

「こんなひどい顔なのよ！　なにをやったってどうせ治らないわよ」

御簾の内では北の方と乳母が、御簾の外では青年がおろおろしている。

その彼らの姿もまた、瑞蓮には腹立たしかった。

まったく。あなた達がそんなふうに甘やかすから、人に怪我をさせても謝《あやま》ることもできない、こんな我がまま娘が育ったのではないか。

喚《わめ》くだけ喚いたあと、茅子はふたたび御簾の奥に入っていってしまった。

「姫様！」

養《やしな》い君《ぎみ》をあわてて追いかける乳母を背に、北の方がしきりに頭を下げる。

「御二方とも、まことに申しわけございません」

恐縮した北の方に、青年があわてて返す。

「いえ、私のほうこそとつぜん訪ねてきて――」

「この軟膏を使ってもいいですか」

二人のやりとりを遮り、薬壺を手にして瑞蓮は言った。床に散乱していたもののひとつである。

きょとんとする二人に瑞蓮はつづける。

「この薬は毒消しと創部《そうぶ》の治癒《ちゆ》を促《うなが》す作用を持ちます。大きな傷ではありませんが、あるのなら塗《ぬ》っておいたほうがよいので」

薬品名は、薬壺に記してあった。

流れる水のように淀《よど》みない瑞蓮の語り口に、青年は呆気《あっけ》に取られている。かまわず瑞蓮は薬壺を彼に手渡した。

「え、なんですか？」

「お願いしていいかな。私は右利きだから、右手の処置はうまくできないのよ」

先程彼は、散らばった薬の名称を正確に言い当てていた。あれは同業者でなくてはできない。

とつぜんの瑞蓮の頼みに、青年は軽く気圧《けお》されながらもうなずく。やがて気を取り直したようにあらためて尋《たず》ねてきた。

「あの、あなたは？」

対して瑞蓮は答えた。

「薬師よ。あなたもそうでしょ」

瑞蓮は、鴻臚館《こうろかん》近くの唐坊《とうぼう》で生まれ育った。

彼女の父は、長安《ちょうあん》（中国の旧都）で医業を生業《なりわい》にしていた胡人《こじん》（古代、中国北方の胡国に住んでいた人）である。いまではすっかり白髪《しらが》の翁《おきな》であるが、若い時分は香色《こういろ》（赤みを帯びた明るい茶色）の豊かな髪の持ち主であったと聞いている。

当時の大陸の王朝『唐《とう》』はすでに存亡の危機にあり、相次ぐ反乱で国全体の治安が悪化していた。まだ若く独り身《ひとみ》だった父は、知り合いの商人を頼って博多の唐坊へと逃れてきたのである。

そこで医院を開業して生計をたてていたのだが、なんの縁か五十近くになってから唐物《からもの》商人の娘である母と知りあい（ちなみに母も三十過ぎで、いわゆる嫁《ゆ》き遅れだった）、瑞蓮をもうけたのだった。

両親は年を取ってからの子である瑞蓮を猫可愛《かわい》がりした。とはいえ親譲りのこの特異な容貌《ようぼう》では縁談もままならぬであろうことは心得ており、女一人でも食べていけるようにと父は自分の技術を瑞蓮に教えこんだのだ。

甲斐《かい》あっていまでは腕利きの女医として、博多のみならず筑前の国全体に瑞蓮の名は知れ渡っている。得意とする分野は産婦人科と外科（この時代の外科の対象は皮《ひ》膚疾患《ふしっかん》が中心）だ。

赴任《ふにん》してきたばかりの筑前守から、京に住む娘を診《み》てほしいと頼まれたのは昨年末のことだった。なんでも三ヶ月程前から顔面の腫物に悩まされており、薬はもちろん祈禱に祓《はらえ》とほうぼう手を尽くしたものの悪化するばかりで、いまでは局《つぼね》に引きこもってしまっているのだという。

聞けば気の毒ではあるが、普通であれば断る話だった。都であれば他にも優秀な薬師がいるだろうし、そもそも筑後《ちくご》（現在の福岡県南部）や肥前《ひぜん》（現在の佐賀県と長崎県）あたりならともかく、京など気軽に行ける場所ではない。

それでなくとも旅など、追いはぎや強盗《ごうとう》はもとより殺されることだって珍しくない危険なものなのだ。博多から瀬戸内海を行く船だって、いつ海賊に襲《おそ》われるか分からない。首尾よくそれらを避《さ》けられたとしても、ひとたび強い波に吞《の》みこまれればそれで終わりである。

どう断ろうかと考えているところに、京の小野参議から口添えの文《ふみ》が届いた。

彼は博多の人間にとって恩人であった。

三年前の天慶《てんぎょう》四年（九四一）。伊予掾《いよのじょう》・藤原純友《ふじわらのすみとも》が起こした反乱で、大宰府は焼き討ちされた。純友は攻撃の手を緩《ゆる》めず、翌日には博多津へと向かったが、そこで彼を返り討ちにしたのが、都から派遣《はけん》された追捕使《ついぶし》、いまは京で参議にその名を連《つら》ねる小野好古《よしふる》だったのだ。

そのうえ彼の父・小野葛絃《くずお》は、かつて大宰府を大弐《だいに》として治めた人物だった。大弐は名目《めいもく》上こそ帥《そち》に次ぐ官とはいえ、事実上は大宰府の責任者。すなわち西海道の全権を委《ゆだ》ねられている立場である。彼に恩義を感じている博多の者はいまだ多かった。

唐坊の住人達と馴染みの博多商人達の説得もだが、なによりも古希《こき》（七十歳）を過ぎてもまだ矍鑠《かくしゃく》として医業に従事している父に強く言われ、渋々瑞蓮は上京してきたのだった。

「へえ、そんな経緯《いきさつ》があったのですか」

青年の素直な反応は、まるで長い物語を聞き終えた子供のようだった。

彼の名は和気樹雨《わけのきう》。歳《とし》は二十歳。昨年課試《かし》に合格し、晴れて典薬寮《てんやくりょう》（宮中の医療を扱う官衙《かんが》）所属となった新米医官だという。

この邸《やしき》の北の方と樹雨の母親が従姉妹《いとこ》同士で、その縁で茅子の診察を頼まれたのだという。それで昨日はじめて訪れたとのことだが、茅子の態度は瑞蓮に対するものとまったく同じで、御簾内にこもったままでついに姿を見せなかった。だから先程飛び出してきた彼女の病状を目《ま》の当たりにして、さすがに驚いたそうだ。

「一瞬、赤疱瘡《あかもがさ》（はしか）かと思ってぎょっとしました」

赤疱瘡は致死率の高い、恐ろしい流行《はや》り病《やまい》だ。一人患者が出れば、瞬く間に周囲に伝播《でんぱ》する。もし茅子が赤疱瘡だったら、今頃京は大恐慌に陥《おちい》っているだろう。

二人は、寝殿と対の屋を結ぶ渡殿《わたどの》（渡り廊下）の一角で話をしていた。

物持ちの中流貴族である筑前守の邸は、寝殿と東の対の二つの殿舎《でんしゃ》で構成されていた。西の対はなかったが、それは別に珍しい造りではない。

殿舎同士を結ぶ渡殿は、通常二ヶ所設置される。吹き放しの透渡殿《すきわたどの》と、建具を備えた幅広《はばひろ》の通路を平行に区切った二棟廊《ふたむねろう》である。後者は奥側を局として使用するのが一般的だ。

今宵《こよい》瑞蓮が与えられた居室がそこだったのだ。建具と几帳《きちょう》で囲まれた一角には薄畳《うすだたみ》が一枚敷いてあり、円座と火桶《ひおけ》が用意されている。瑞蓮は畳に足を投げ出して座り、そのはすむかいで樹雨が円座に腰を下ろしていた。

「それにしてもはるばる博多から来たというのに、色々と災難でしたね」

樹雨は同情の色を濃くにじませた眸《ひとみ》で、瑞蓮の右手を見た。軟膏を塗った葉を押さえるために布を巻いている。樹雨にしてもらったのだが、歪《いびつ》な結び目は時間が過ぎれば緩んでしまいそうだ。薬をつける手際《てぎわ》もあまりよいとは言えず、正直心許《こころもと》なかった。もちろん頼んでしてもらったのだから、そんなことはけして口には出せなかったが。

災難だったという樹雨の言葉に、ここぞとばかり瑞蓮はうなずく。

「本当よ。わざわざ都まで来て、怪我をさせられただけで帰ることになるとは思わなかったわ」

ちなみに世間的な身分で言えば、下級とはいえ官吏《かんり》である樹雨のほうがまちがいなく上である。確かに瑞蓮は腕利きの薬師だが、免状などなく俗っぽい言い方をすればもぐりで地方の一庶民にすぎない。にもかかわらず自然とこのやりとりになっているのは、四歳の年齢差を前提とした上での、瑞蓮の不敵さと樹雨の人柄の良さが要因だったのだろう。

捨《す》て鉢《ばち》な瑞蓮の言葉に、樹雨は素《す》っ頓狂《とんきょう》な声をあげる。

「え、帰っちゃうんですか？」

「あたり前でしょ。患者が診療を拒否しているんだから、いたってしかたがないじゃない。こんな遠くまで足を運んだのだから、もう義理は果たしたわよ」

容赦《ようしゃ》なく切り捨てたのには、理由《わけ》がある。

実のところ瑞蓮は、茅子に対してかなり腹を立てていた。

世の中にはたとえ治る病でも、薬があまりにも高価なため治療を断念する者が星の数ほどいる。そんな人達をこれまで幾人も見てきた瑞蓮にとって、診療の拒否はともかく、薬を廃棄《はいき》するという茅子のふるまいは度《ど》し難《がた》いものであった。そのうえ祈禱や加持《かじ》のほうが良いと、薬師を罵倒《ばとう》する有様だ。これだけの暴言暴挙《ぼうきょ》を受けてなお、患者のもとに留《とど》まるほどお人よしではない。

「あんな癇癪持ちの相手をするなんて、ごめんだわ」

憤りを露《あらわ》にする瑞蓮に、樹雨は困り果てた顔になる。非難の言葉こそなかったが、人の良さがにじみ出たその表情に奇妙な罪悪感を覚え、あわてて取りつくろうように口を開く。

「それに医官であるあなたがいるのなら、私はもう必要ないでしょ」

本音を言えば、それも腹立たしいところであった。

まったく筑前守夫妻は、揃《そろ》って根回しと段取りがなっていない。茅子の診療拒否もだが、博多から瑞蓮を呼んでおいて、そのいっぽうで樹雨にも診察を頼むとはどういう了見《りょうけん》なのだ。もっとも樹雨に相談をしたのは北の方の独断で、おそらく筑前守は知らないということであろうが。

とりつくしまもない瑞蓮に、遠慮がちに樹雨は言った。

「乙姫は、もともとあんな我がままな娘じゃないんですよ。半年前までは朗《ほが》らかで優《やさ》しい娘でした。だけどできものがひどくなるにつれて、次第に塞《ふさ》ぎこんでしまったのです」

健気《けなげ》に茅子をかばう樹雨に、瑞蓮は強気の姿勢を崩《くず》さない。

「だったら機嫌《きげん》が直ってから、あらためてあなたが診てあげてちょうだい。どうせいまの様子じゃ、なにを言ったたって聞きやしないんだから」

「ですが私など、医官になってまだ日も浅いですから……」

樹雨は気まずげに言葉を濁《にご》した。要するに自分一人では荷が重いということである。そうだろうとは瑞蓮も思った。茅子のひどい病状を目の当たりにして余計に臆《おく》したのかもしれないが、それ以前にあの散乱した薬を見てもなにも気付いていないようなのだから、薬師として有能とは思えなかった。

しかしそれは樹雨の前途が不安だということではない。学校でどれほど優秀な成績を収めても、一年目の医官など周りの指導がなければ役に立たない。瑞蓮だってかつてはそうだった。だけど父の教えと臨床《りんしょう》の場で鍛《きた》えられ、一人で診療ができるまでに育ったのだ。

だから新米《しんまい》医官である、樹雨の不安は分からないでもない。

かといって茅子の機嫌が直るまで瑞蓮がここに留まる必要はない。他に人がいないのならともかく、都には名医はいくらでもいるのだから。

（こっちは一刻《いっこく》も早く博多に帰りたいんだから）

矍鑠《かくしゃく》としていても、両親はともに高齢だ。特に父にいたっては、とっくに古希を越えているから、いつなにがあってもおかしくない。

高齢の者を置いての長旅は、今生《こんじょう》の別れにもつながりかねないという点でも危険なものだった。その貴重な時間を治療そのものにならともかく、あんな我がまま娘の機嫌が直るまでに費《つい》やすなどできるわけがない——そう言い返そうとしたが、すがるような樹雨の眼差しに口をつぐんでしまう。

「そりゃあ確かに乙姫のあの態度には問題があります。けど、身体が苦しいときに心が捻《ひね》くれてしまうのは、しかたがないじゃないですか」

この樹雨の訴えは、思ったよりも深く瑞蓮の胸に刺さった。確かにそのとおりだからだ。

もちろん世の中には、どれほど身体が苦しくとも高潔な心を失わない聖人君子のような患者もいる。しかしたいていの者はそうではない。穏やかで鷹揚《おうよう》だった父親が、些細《ささい》なことに声を荒《あら》らげて暴力をふるいだす。朗らかで優しかった母が、細かいことをねちねち言い出し、底意地《そこいじ》の悪い言動を繰り返すようになる。

じわじわと身を蝕《むしば》む病によって精神まで冒《おか》されていく病人を、瑞蓮はこれまで何人も目にしてきた。

横暴《おうぼう》の度が過ぎれば、それまで看護に懸命になっていた家族も、まるで張りつめた糸が切れたかのように患者を見捨てる。それができずに追い詰められた者は、周りの者、あるいは患者への虐待《ぎゃくたい》に及ぶことさえある。なぜならそこに至るまでに介護者は、肉体的にも精神的にも限界に達してしまっているからだ。

薬師とて人間だ。家族でさえ見捨てるような横暴な者に、無条件に善意の手を差し伸べられなくてもとうぜんではないか。患者を診るようになって何年目からそう思うようになったのか定かではないが、いまの瑞蓮の根底にはそんな冷ややかさが確実に存在していた。

(でも……)

瑞蓮はあらためて樹雨を見た。

(この子は、そんなふうに考えたことはまだ一度もないんだろうな)

うららかな春の日差しのようにおっとりとした印象の樹雨の眸の奥には、夏の太陽を思わせる輝きと熱さが確かに存在していた。

ときには見る者を消耗させかねないその眩《まぶ》しさは、かつて瑞蓮も持ち合わせていたものではなかったのか。だからこそこうしてそれを目の当たりにすると、自分の心の底にある冷たいものの存在をまざまざと見せつけられた気がしてしまうのではないのだろうか。

惑《まど》いが罪悪感にと変わりかけていた。

どう言われようと、一刻も早く博多に帰りたいという気持ちは変わらない。瑞蓮にとって茅子は他人で、年老いた両親のほうがずっと大事な存在だ。

理由はそれだけではない。博多には瑞蓮を頼りにしている患者が大勢いる。特に港沿いにある唐物商の奥方は、長年悩んでいた婦人病の改善の兆《きざ》しがようやく見えてたいそう喜んでいたのだ。

あとのことは父に頼んできたが、やはり婦人病は女同士が親身になれる。上京すると告げたときの彼女の不安げな面持《おもも》ちに、瑞蓮は後ろ髪を引かれる思いで故郷を後にしてきた。

私が博多に帰りたいと思うのは、けして自分のためだけではない。

そう言い聞かせて心の片隅《かたすみ》に在《あ》る良心の呵責《かしゃく》を取り除こうとするが、まるで根を張ったように頑《がん》としてそれは動いてくれない。それに先程見た茅子の顔を思いだすと、どうしても胸が痛む。

あれは治せる。そう、茅子が薬師の言葉に耳を貸しさえすれば。

瑞蓮は右手を後頭部に回し、結い上げた髪の根元をぎゅっと握った。こんな思いのまま博多に戻ったところで、さぞ寝覚《ねざ》めが悪かろう。それぐらいならいっそのこと——。

しばしの思案のあと、彼女は髪から手を離した。

「あれは？　痤瘡《ざそう》（ニキビ）よ」

「はい？」

「姫の顔のできものは、痤瘡よ」

御簾越しには分からなかったが、目の当たりにして確信した。

瑞蓮の断言に、樹雨は疑わしげだ。

「痤瘡って、あんなにひどい——」

「たまにはいるわよ。特に若い男とかに多いわね。だけどあの姫の場合、おそらくちがう」

「どういう意味ですか？」

わけが分からぬ顔で瑞蓮の話を聞いていた樹雨だったが、不意にその視線が上に動いた。

「どうしたの？」

彼の眼差しを追った瑞蓮は、目を見張った。

四尺《しゃく》の大型几帳《きちょう》の上から、気まずげな顔をのぞかせていたのは茅子だった。

「怪我をさせたことは、ごめんなさい」

多少ふて腐れつつではあったが、それでも床に手をついて茅子は詫《わ》びた。

実に複雑な気持ちではあった。

詫びるべきは、そこだけではないだろう。謝り方をもう一度学んでこい。相手が大の大人なら、そう指摘するところだ。

しかし相手は十一歳も年下の少女である。そこまで追及するのは、さすがに大人《おとな》気《げ》ない。寝殿でははっきりと見なかった茅子の装いは、紅梅の表に紅色《くれないいろ》の裏をあわせた裏梅《うらうめ》かさねの細長《ほそなが》で、小袖《こそで》と袴《はかま》は共に濃色《こきいろ》（赤みのある濃い紫《むらさき》）である。裳《も》着《ぎ》を済ませていない少女の装いだった。

「別にいいですよ。たいした怪我じゃないから」

ぶっきらぼうに瑞蓮は言った。快《こころよ》く許したとは言いがたい態度に、茅子は据《す》わりが悪そうに肩をすくめる。

あわてて樹雨が口を挟《はさ》んだ。

「あの薬は、ご両親が手に入れてくれたものですか？」

幾つも下の相手にも、樹雨は変わらず丁寧《ていねい》な物言いをしている。その声音《こわね》に茅子はほっとしたようにうなずいた。

「そうです。できものに効《き》くという物は、なんでも取り寄せてくれました。でもどれも効かなかったの。なにをやってもちっとも治らなくて、それどころかどんどんひどくなるばっかりで……」

言っているうちに、感情がこみあげてきたのだろう。茅子はひくひくとしゃくりあげはじめた。

「お父様もお母様も本当にお嘆《なげ》きになられて、代われるものなら自分が代わってあげたいと、そう言ってくださって……」

「お、乙姫っ⁉」

ついには顔をおおって泣きだしてしまった茅子に、樹雨はおろおろして、すがるような目を瑞蓮にむける。

その茅子の様子を見て、瑞蓮は思った。

ひょっとして腫物のためだけではなく、両親の嘆きや失望を目の当たりにしていたことも、この娘にとっては大きな負担になっていたのではないだろうか。

もちろん娘の病状を良くするために、四方八方に手を尽くす親心はしごく真っ当なものだ。しかし期待に添えないことで、さらに心を痛める娘の気持ちも理解できる。

瑞蓮は屋根裏に張った梁《はり》の柾目《まさめ》を眺め、しばしの間考えを巡《めぐ》らせていた。

やがて小さく息をつき、視線を元に戻す。

「『矛盾《むじゅん》』の話を知っていますか？」

それはあまりにも唐突すぎる質問だった。

わけが分からないでいる茅子に代わって、樹雨が確認する。

「韓非子《かんぴし》ですか？」

「そう。最強の盾《たて》と最強の矛《ほこ》の話ね」

古代中国・楚《そ》の国の商人が〝どんな矛でも防ぐ最強の盾と、どんな盾でも破る最強の矛〟を誇《ほこ》っていた。しかしある者が『その矛でその盾を突いたらどうなるか』と問うと、商人は答えることができなかったという有名な故事である。

「ああ、その話なら知っているわ」

茅子は言った。韓非子は知らずとも、この有名な件《くだり》はさすがに聞いたことがあるようだ。

「では実際に、最強の盾と最強の矛がぶつかりあったらどうなると思いますか？」

瑞蓮の問いに、樹雨と茅子は目を見合わせる。もちろん『矛盾』の故事が、そういう答えを求めるものでないことは百も承知である。だがこの場合、その喩《たと》えを持ってくるのが一番手っ取り早い。

「え、それは……」

樹雨と茅子は同時に首を捻った。ひょっとして謎かけかと思って、なんらかの答えを出そうとしているのかもしれなかった。

とうぜん正解などあろうはずがない。

「姫君。あなたのいまの肌《はだ》の状態は、まさにそれなのです」

瑞蓮の一言に、茅子は目をぱちくりさせた。

もちろん彼女がこれだけで理解できるとは思っていない。しかし樹雨のほうはどうであろうか。新米医官という立場を考えれば、できればここで察してほしいものだが——。

ちらりと目をむけると、樹雨はまだ眉を寄せて考えこんでいた。しかしほどなくして「あ！」と短く声をあげる。

「ひ、ひょっとして薬が相殺《そうさい》して……」

「そうよ。手当たり次第に薬を多用したから、効果が『矛盾』を起こしているの」

瑞蓮の言質《げんち》を得て、樹雨は空気を切るように大きくうなずいた。

茅子はといえば、相変わらずわけが分からない顔をしている。瑞蓮は彼女のほうに向き直った。

「腫物を治すには、一般的に二つの治療法があります」

「二つ？」

「ええ。ひとつは炎症を鎮《しず》めて治癒《ちゆ》に導く方法。もうひとつは熱を発散させて、膿《うみ》の排出を促す方法です」

やや難しい言葉が入ったからか、茅子の表情が緊張したものになる。

その反応に気付いた瑞蓮は、すぐに確認する。

「大丈夫ですか？　分かりますか？」

「え、ええ……なんとか」

「けっこうです。分からないことがあれば、途中であっても遠慮をせずに訊《き》いてください。病の治療において最大の悪手《あくしゅ》のひとつは、患者が自分の状態と治療方針を認識していないことにありますから」

そうなる場合の原因は二つある。

ひとつはきちんと説明をしない薬師側の怠慢《たいまん》。もうひとつは、話をまったく聞かずに結果ばかりを求める患者側の横暴である。

これまで茅子は横暴な態度で、人の話に聞く耳を持たなかった。だから瑞蓮のほうも説明どころではなかった。

しかしいまはちがう。彼女は患者として話を聞こうとしている。ならば瑞蓮も薬師としてやるべきことをしなければならない。

「先程、あなたが使っていた薬を見せていただきました」

嫌味《いやみ》のつもりではなかったが、茅子は気まずげに視線をそらした。

癇癪を起こしたあげく自分の薬を手当たり次第に放り投げた。幼稚な行為は十三歳の娘として、思いだせば気恥ずかしいものであろう。

しかしそのおかげで、瑞蓮は病因をつかんだのだ。

「炎症を抑《おさ》える薬と、膿の排出を促す薬の二つが混在していました。それらのすべてを次から次に使っていたら、どうなるか分かりますか？」

最初こそ意味の分からぬ顔をしていた茅子だったが、少ししてなにかに気付いたように目を見開いた。

その反応を見て、瑞蓮はゆっくりうなずいた。

「そうです。薬が互いの効果を相殺しあうことになります」

裕福な患者には、しばしば起こりうる事例だった。

加持祈禱が病気治療の主流を占める中、積極的に薬師の診察を受ける者は稀《まれ》である。もちろん経済的な問題が大きいのだが、人々の中に〝病は物の怪《もののけ》によるもの〟という考えが断固として根付いていることも要因だった。

だから患者は医学的な病態や個人の体質も理解しないまま、表面上の症状と効能だけで、薬師を介さず商人から薬を買い求めてしまう。

たとえば関節痛が起きた場合、一般には湯治《とうじ》が推奨《すいしょう》される。

だがそれが感冒《かんぼう》によるものだとしたら、湯治は病状を悪化させかねない。

要するにいくら病状が似通《にかよ》っていても、病因を特定したうえで処方された薬でなければ効くはずがないのだ。

そんなことを知るよしもない患者は〝この薬は効かない〟と決めつけ、別の薬を求める。裕福であればあるほど、あれこれ色々な薬に手を出してしまう。あまりに複数の薬を併用《へいよう》すれば、そのひとつひとつがたとえ適正であっても、薬効《やっこう》が相殺しあって効果を為《な》さなくなる。それだけならまだしも、思わぬ反作用からせっかくの良薬が毒となることもある。

素人《しろうと》判断で薬を服用するのは、それぐらい危険なことなのだ。

「分かりましたか?」

瑞蓮の説明に、茅子はしっかりとうなずいた。いつしかその眸の奥から、不審の色が拭《ぬぐ》われつつあった。

二人のやりとりを聞いていた樹雨が、あらためて尋ねる。

「では、いま使っている薬を選別したほうが?」

「もちろん。でもその前に、膿がひどいものは切開したほうが良さそうね」

切開という、穏《おだ》やかならぬ言葉に茅子はぎょっとした顔になる。対して瑞蓮は大丈夫だというように首を横に振った。

「細い針を使うから、それほどの痛みではありません。もちろんまったくないとは言いませんが、少なくともいまできている顎と頰の腫物からくる痛みよりは優しいはずですよ」

瑞蓮の指摘に、茅子は思わず腫物に手を触れた。そしてすぐに顔をしかめる。

「触れてはいけません。痛いだけではなく、症状を悪化させます」

穏やかに戒《いまし》めた瑞蓮に、茅子は尋ねた。

「このできものが痛いというのも、分かっていたの？」

「見れば、すぐに分かりますよ」

　苦笑しつつ瑞蓮は答えた。

　茅子の顔には大小の腫物が数多くできていたが、その中でも特に目立つ頬と顎のものは、熟《う》れすぎて腐り始めた果実のように腫れ上がっていた。これではなにもしなくても、じくじくと痛んでしかたがなかっただろう。その痛みを解消するためにも切開は有効だった。

　若い娘の顔に針を使うのは気が咎《とが》めるが、ここまで膿《う》んでいては自然治癒を待ってもどうせ痕《あと》は残る。むしろ切開して膿を出したほうが、傷痕も小さくすむ。

　切開した場合の利点と欠点。切開をしなかった場合の利点と欠点。瑞蓮はその双方を、できるだけ丁寧に分かりやすく説明した。その一言一言を、茅子はうなずきながら真剣な面持ちで聞いていた。

「私の話はここまでですが、なにか分からないことはありますか？」

「いいえ。とても分かりやすい説明でした」

　はっきりと答えた茅子に、瑞蓮は最後の問いをする。

「ではどうしますか？　切開をするか、しないか。もちろん母君にも相談をしますが、先にあなたの意志を確かめておきたいのです」

茅子は俯《うつむ》いて、しばし思案していた。

顔ではなくとも、身体に傷をつけることは勇気がいる行為だ。まして若い娘の顔である。いくら細い針だと言っても迷ってとうぜんだった。

「今日結論が出せないのなら、一晩考えて――」

「いいえ」

茅子は顔をあげた。

その澄んだ眸《ひとみ》は、瑞蓮に対する深い信頼に満ちていた。

「決めました。どうぞ切開をしてください」


細い針で腫物の先端を突《つつ》き、その穴から膿を出す。そのあとは煮沸《しゃふつ》した湯冷《ゆざ》ましで洗浄し、患部を清潔に保《たも》つ。

一連の切開の処置を済ませたあと、腫れは嘘《うそ》のように引いた。

もちろん針を刺したので多少の赤みと痛みは残っていたが、二日もするとほとんどの症状が消えていた。

切開の対象とならなかった膿を持つ前の段階のできものには、消炎作用がある塗り薬と煎じ薬を処方し、食事も肌によい献立《こんだて》を考えて厨《くりや》に提案をした。当世は仏教思想の影響で食材が極端に制限されているので、色々使えないのが悩みどころだ。唐坊では牛や豚の肉、動物の乳《ちち》なども普通に食べるのだと聞けば、さぞ驚かれることだろう。

（まあ痤瘡の場合、肉や乳を積極的に摂《と》る必要はないけどね）

今回の場合、それは幸いだった。

そうして数日が過ぎた頃、樹雨が訪ねてきた。

「ずいぶんと改善していましたね。乙姫はもちろんですが、北の方や乳母殿もとても喜んでおられましたよ。本当に良かったです」

茅子の状態を診てきたところだという樹雨は、顔を輝かせていた。

「小野参議も北の方から礼状を受け取られたそうです。遠方から足を運んでもらった甲斐があったと、ことのほかご満悦だったとか。それが話題になって、御所《ごしょ》では吹き出物や肌荒れに悩む女房《にょうぼう》達が、自分達も瑞蓮さんに診てもらいたいと口を揃えて言っているそうですよ」

まるでわがことのように得意げに語る樹雨に、瑞蓮もつい笑ってしまう。

最初の頃はこの実直さに多少の疎《うと》ましさと罪悪感を覚えていたが、茅子の症状が快方にむかっているいまでは、それが素直に眩《まぶ》しく微笑《ほほえ》ましい。これだけ誠実な人間なら、安心してあとを任《まか》せられる。

瑞蓮は板に記した書付《かきつけ》を、樹雨に差し出した。

「なんですか、これ？」

「処方箋《しょほうせん》よ。私はもう少ししたら博多に帰るから、薬がなくなったらあなたが煎じてあげてね」

樹雨ははっと口許《くちもと》を押さえた。瑞蓮が筑前から来たことを忘れていたかのような反応である。

「もう、帰っちゃうんですか？」

「そうよ。あとはあなたに任せるから頼むわよ」

皮肉や冷やかしではない。確かに樹雨の薬師としての技量はまだまだである。しかし彼は誠実だ。瑞蓮の処方をきちんと守るだろうし、万一それでなにか不都合が起これば、他の信頼できる薬師に相談するだろう。見栄《みえ》や衒《てら》いだけで、自分の手段を押しきるような真似《まね》はけしてしない。

「もし症状が変わったりしたら、あなたの上司にでも相談するといいわ。乙姫も今度は素直に診療に応じるでしょうから」

そう諭《さと》してもなお子供のように不安げな顔の樹雨の肩を、瑞蓮はぽんっと叩《たた》く。

「なにを浮かない顔をしているのよ。自信を持ちなさいよ。それに典薬寮なら信頼できる医官はいくらでもいるでしょう」

「い、いいえ、姫のことではなくて……」

「？」

樹雨はその先をすぐには言わず、しきりに手を揉《も》んでいる。やがて、ついに眦《まなじり》を決して口を開いた。

「実は、診てもらいたい御方《おかた》がいるのです」

第二話

若宮の病《やまい》は菅公《かんこう》の呪《のろ》い？

「宮様ですって!?」

思わず声を大きくした瑞蓮《すいれん》を、樹雨《きう》は人差し指を立てて〝しっ〟とかすれるような声で制した。局《つぼね》の周りを囲むのは、几帳《きちょう》と蔀《しとみ》の頼りない建具《たてぐ》のみである。意識して声を抑《おさ》えなければ、会話が筒抜《つつぬ》けになっても不思議ではない。

あわてて瑞蓮は口をつぐむが、それでも樹雨は気になるとみえ、きょろきょろとあたりを見回して人の気配《けはい》がないのを確認している。

「はい。診《み》てもらいたいのは今上《きんじょう》の若宮（この場合は男児の皇子《みこ》のこと）様で、朱宮《あけのみや》と仰《おお》せになります。御年《おんとし》四歳に――」

「ちょっと待ちなさいよ」

樹雨の説明を、瑞蓮は遮《さえぎ》った。

「今上には、まだお子様はおられないのではなかった？ 東市《ひがしのいち》に行ったとき、そんな噂話《うわさばなし》を聞いたわよ」

上京の日は通り過ぎただけの市だったが、実はあれから一度足を運んだ。茅子《かやこ》の経過観察のため筑前守邸《ちくぜんのかみてい》に滞在しているものの、診察や調剤に費《つい》やす時間など一日のうちでもわずかなもので、暇《ひま》を持て余していたからだ。多少の人目は気になったが、この国にいるかぎりそれはどこに行っても同じである。

京内外から無数の人々が集まる市は、ただ歩くだけでもさまざまな噂や世間話が耳に入ってくる。二十二歳の今上が未《いま》だ和子《わこ》に恵まれず、おそらく次の東宮《とうぐう》は同腹の弟宮になるであろうと、野菜売り場の軒先《のきさき》で、痩《や》せた店主と太った客の女が話しているのを瑞蓮は聞いていたのだった。

「東市？」

樹雨はその単語にやけに敏感に反応した。そしておよそ彼らしからぬ険《けん》のある口調で言った。

「どうせ今上に御子《おこ》ができないのは、菅公《かんこう》の呪《のろ》いのせいであろうとでも言っていたのでしょう」

「よく分かったわね。ついでに言うと、さきの反乱も菅公の呪いにちがいないとか言っていたわよ」

菅公とは菅原道真《すがわらのみちざね》。さきの反乱とは、平将門《たいらのまさかど》と藤原純友《すみとも》による『承平天慶《じょうへいてんぎょう》の乱』のことである。

「馬鹿々々しい。いくらなんでも、そんな何十年も前に亡くなった方……」

「私もそう思うわ。だけど許すか許さないかを決めるのは、恨《うら》みの原因を作った側ではなく、恨みを晴らす側だからね」

まさしく正論に、樹雨は口をつぐんだ。

医術を生業《なりわい》にする者としての個人的な見解を言えば、瑞蓮は祟《たた》りや呪いの類《たぐい》はほとんど信じていない。だが人として悪行を犯した者への嫌悪《けんお》はあるし、非業《ひごう》の最期《さいご》を遂《と》げた者への同情の気持ちはある。たとえ偶然の結果だとしても、非道を働いた側が無念の涙を流した者達の脅威《きょうい》に震《ふる》えているとしたら、それは痛快である。

菅公が、讒言《ざんげん》により大宰府《だざいふ》に左遷《させん》されたのは四十年以上前の出来事だった。彼自身はかの地ですぐに亡くなったのだが、それ以降相次《あいつ》いだ要人達の怪死に、朝廷はこれは菅公の祟りにちがいないと震え上がった。脛《すね》に傷を持つ者であればこそ、なにか不幸があればすぐに呪いと紐付《ひもづ》けようとするものだ。

要するに四十年以上経《た》ったいままでも、人々は菅公の怒りはおさまっていないと脅《おび》えているのである。

八歳で即位した今上は、在位期間こそ長いがまだ二十二歳の青年である。子ができぬと決めつける年齢でもないのに、民衆はここぞとばかり、怨霊《おんりょう》を抑えきれない朝廷の不手際《ふてぎわ》、もっと強く言えば怨霊を発生させるに至った彼らの悪行を罵《ののし》り、時にはいい気味だと嘲笑《ちょうしょう》さえする。瑞蓮が市で聞いた噂も、おおよそがそんな悪意に満ちたものであった。

しかし今上に子がいるのなら、祟りは成り立たなくなる。

朝廷にとっても若宮誕生は怨霊の噂を覆《くつがえ》す明るい材料であろうに、なにゆえ四つにもなる皇子の存在が未だ公《おおやけ》にされていないのか。

「あなたが言うように今上に若宮がおられるのなら、なぜ市井《しせい》にそんな噂が流れているの？」

「宮様のことが明るみになれば、世間は絶対に菅公の呪いだと言い出します」

語気を強めた樹雨に、瑞蓮はひるみかける。

見ると樹雨は、悔《くや》しさを堪《こら》えるように唇《くちびる》をぎゅっと結んでいる。

「どうしたの？」

率直に瑞蓮は尋《たず》ねた。樹雨は善良で穏《おだ》やかだが、言うべきことはきちんと言う人間だ。茅子の我がままな態度を貶《けな》した瑞蓮に、医官としての視点からはっきりと抗議をした。

はたして樹雨は、全身の力を抜くようにふうっと息を吐《は》いた。

「すみません。大きな声をあげて」

「別に、謝《あやま》るようなことはしていないでしょ」

瑞蓮は樹雨をなだめた。確かに彼はきつい物言《ものい》いはしたが、大きな声は出していない。それどころか終始、あたかも密言《みそかごと》でも語るように朱宮のことを話していた。

現状、朝廷は朱宮の存在を世間に隠している。それを公にすれば、世に流布《るふ》している〝呪いによって子が生まれない〟という噂を覆せるにもかかわらず。

それは朱宮の存在が公になれば、いま流れている噂以上に、帝《みかど》や朝廷にとって都合の悪い事態が生じるからではないのか。

瑞蓮は局の周りに神経を尖《とが》らせた。

建具のむこうに人の気配がないことを確認してから、あらためて尋ねる。

「朱宮はどこがお悪いの？」

樹雨にとっては、とうぜん予測していた問いだろう。なにしろ瑞蓮に、朱宮を診てほしいと頼んできたのだから。

にもかかわらず樹雨は即答をせずに沈思《ちんし》していた。

しばしのち、ようやく重たげに唇を動かす。

「瑞蓮さんに診てもらいたいのは、朱宮様のできものと床擦《とこず》れです」

「床擦れ？」

瑞蓮は怪訝《けげん》な顔をした。

床擦れとは、圧迫性の壊疽《えそ》である。長らく身動きの取れない者が、身体《からだ》の重みなどによって同一箇所《かしよ》に圧迫を受けつづけた結果生じる場合が多い。

博多《はかた》でも何度か目にし、処置を手がけたことがある。ただその大半が、長患《ながわずら》いや重症の中風《ちゆうぶ》（脳血管障害等による半身麻痺《まひ》）による寝たきりの高齢者であった。

床擦れは一度できると難治で厄介《やつかい》だが、普通に動ける者に生じることはない。まして四歳の子供など、目も離せないほど活発であるのが一般的なのに――。

瑞蓮は息を詰めた。

「……床擦れって、どういうこと？」

漠然と予想はついていたが、それでも確認のために尋ねる。

先程は逡巡《しゆんじゆん》を見せた樹雨であったが、今度は躊躇《ためら》わなかった。彼は周りに響《ひび》かぬよう低い声で、それでもはっきりと告げた。

「朱宮様は陰で、蛭子《ひるこ》と呼ばれております」

日本神話で語られる蛭子神は、伊弉諾《いざなぎ》・伊弉冉《いざなみ》の夫婦神の間に生まれた子供である。しかし三歳になっても脚《あし》が立たず、ついに流し捨てられてしまったと伝えられている。

今年四歳になる朱宮は、まさにそういう身体状況なのだという。なるほど。今上唯一《ゆいいつ》の皇子のそんな状態が公になれば、世はますます菅公の呪いであると噂をするだろう。

身体の不自由な若宮への同情と嘲《あざけ》りを、無責任に垂《た》れ流しているだけなら黙認できる。しかし朝廷が四十年も前の呪いを未だ抑えきれないでいるとされては、それでなくとも度重《たびかさ》なる災害で疲弊《ひへい》している民《たみ》のさらなる不信を招きかねない。

菅公の死後に起きた王卿《おうけい》達の不慮《ふりょ》の死は、民からすればただの自業自得《じごうじとく》だ。しかし災難は上《うえ》つ方《かた》のみに留《とど》まらず、旱魃《かんばつ》、洪水《こうずい》、疫病《えきびょう》の蔓延《まんえん》というさまざまな禍《わざわい》となって民達を苦しめている。

朝廷が起こした醜《みにく》い政争の結果、これほど強力な怨霊を誕生させてしまった。そのあげく自分達が災難に見舞われている。そんな民達の不満が『承平天慶の乱』のような大きな反乱につながらないとは限らない。

祟りの類を信じていない瑞蓮からすれば、讒言《ざんげん》で左遷されたあげく、そんななにからなにまで責任を押しつけられた菅公こそ気の毒だと思うが、朝廷が朱宮の存在を隠蔽《いんぺい》した理由自体は合点《がてん》がいった。

「ということは、朱宮様は最初からご成育が危《あや》ぶまれる状況だったの？」

入内《じゅだい》した妃《きさき》が子を産めば、普通は祝うものである。特に男皇子ならば、妃の実家は家をあげて盛大に祝うであろう。そうなれば皇子の存在は、おのずと市井《しせい》にも知られそうなものである。

瑞蓮の問いに、樹雨は首を横に振った。

「実は朱宮様の御母君《おんははぎみ》は、権門の御方《おかた》ではありません。元々女房《にょうぼう》、しかも中臈《ちゅうろう》としてお仕《つか》えだった方がご寵愛《ちょうあい》を受け、懐妊《かいにん》となったのです。しかし主上《おかみ》にはすでに高い身分のお妃方がおられましたので、その方々を差し置いて盛大に祝うのは憚《はばか》りがあると先延ばしにしているうちに――」

「なるほど。そのうち宮様の身体状況があきらかになって、そのまま隠蔽が決まってしまったというわけね」

「――そうです」

観念したように樹雨は言った。

生まれたばかりの赤子《あかご》が健《すこ》やかであるか否《いな》かなど、すぐには分からない。成長には多少の個人差があるから、他の子供より乳《ちち》の吸いが悪い、泣く声が弱い等の違和感はあっても、最初のうちはそこまで深刻には考えない。

だがそのうち首の据《す》わりが悪い、寝返りを打たない等の遅れが積み重なってくることで、周りもさすがに気付きはじめる。

重苦しい話だったが、気持ちを切り替えて瑞蓮は問う。

「朱宮様は、物を見聞きすることはできるの？」

「はい。精神は健やかにお育ちでございます。むしろ同じ年齢の他の子より聡明《そうめい》なぐらいかと……」

瑞蓮は胸に鉛《なまり》を置かれたような気持ちになった
だからかえって不憫《ふびん》だとか言うつもりはないが、意識がはっきりしているということは痛みも認識できるということだ。できものに加え、大人《おとな》でも辛《つら》い床擦れを四歳の子供が患《わずら》っているのは痛ましすぎる。

「分かったわ」

瑞蓮は言った。

「どれぐらいのことができるか自信はないけど、一応診てみましょう」

樹雨の表情に、ようやく安堵《あんど》の色が浮かんだ。

大内裏《だいだいり》、俗に言う宮城《きゅうじょう》は、朱雀大路《すざくおおじ》の突き当たりにある。

正門は南正面の朱雀門。他複数の宮城門《きゅうじょうもん》と築地《ついじ》にぐるりと囲まれた南北十町（約一・四キロ）、東西八町（約一・二キロ）の巨大なこの施設の中には、朝堂院《ちょうどういん》と豊楽院《ぶらくいん》を中心に、数多《あまた》の官衙《かんが》が建ち並んでいる。

このうち樹雨が所属する典薬寮《てんやくりょう》は、豊楽院の西側に位置している。だから宮城に来てほしいと頼まれたとき、てっきりそこに連れて行かれると考えていた。

「御所《ごしょ》に入るですって⁉」

宮城門の前で、瑞蓮は悲鳴に近い声をあげた。

御所とは大内裏の奥にある内裏のこと。帝やその妃達が住まう禁中《きんちゅう》である。緑色の位袍《いほう》に冠《かんむり》という官吏《かんり》装束《しょうぞく》に着替えた樹雨は、なにをいまさらと言わんばかりの表情で門中を指差した。

「そりゃそうですよ。朱宮様は桐壺《きりつぼ》にお住まいなのですから」

「桐壺だかなんだか知らないけど、私みたいな人間が御所に入ったら、やんごとなき方々は仰天《ぎょうてん》するわよ！」

この目と髪の色だから、他人から驚かれることには絶対の自信がある。そもそも博多の人間とちがい、京の者は圧倒的に外国人に慣れていない。

およそ二十年前の渤海国《ぼっかいこく》の滅亡以降、日本は公的な外交先を持っていなかった。

それでも博多の鴻臚館《こうろかん》は、本来の迎賓館《げいひんかん》としての役割から民間の交易《こうえき》の場としていまでも栄えているが、平安京の鴻臚館は完全に廃《すた》れてしまっていた。

かつては南都（奈良）にあふれていた渡来人《とらいじん》も、この北都（京都）ではもはやその子孫を残すのみである。百年ほど前から帰化が認められなくなったことも大きな要因だろう。

外見が似ている高麗人《こまびと》でさえ彼らにとっては物珍しい存在なのだから、自分のような者が現れたら驚愕《きょうがく》するに決まっているではないか。

「もちろん先に話を通していますよ。お父上が外国の方なので、私達とは少し異なる風貌《ふうぼう》の方であると。それにこの間も言ったでしょう。筑前守《ちくぜんのかみ》の乙姫《おとひめ》の件で、瑞蓮さんのことは御所でも評判になっているって。だから大丈夫ですよ」

「いやいや、そうはいっても実際に私の姿を見たら絶対に驚くって」

「そりゃ誰だって驚きますよ。瑞蓮さん、そんなに綺麗《きれい》なんですから」

「……」

さらりと告げられた言葉に絶句する。しかし当の樹雨に特別な意図はなかったとみえ、平然と「行きますよ」と短く言って宮城門をくぐりぬけた。

瑞蓮は彼を追うこともせず、呆然《ぼうぜん》と門前に立ち尽くしていた。

（いま、なんて言った？）

これまで瑞蓮は、自分の容姿を美醜《びしゅう》で捉《とら》えたことがなかった。

人と違う。それだけが周りの視線を美醜に思うたびに思うことで、幼い頃はそれに傷つけられ、成人したいまでは苛立《いらだ》っていた。もはや傷つきはしないと言い聞かせながらも、人と違う容姿であることは、必然的に瑞蓮の中で大きな劣等感になっていた。

綺麗だという樹雨の言葉は、周りと同じという意味ではない。

けれど人と違うからといって、劣《おと》っているわけではない。紅梅《こうばい》、白梅と色の好みはあれど、梅花の美しさそのものに優劣《ゆうれつ》をつける者はいない。

要するに樹雨は、人と違う瑞蓮の姿をそんな目で見ていたのだ。

背を突かれたように宮城門の先に目をむけると、樹雨の後ろ姿が見えた。彼の足取りはゆっくりで、小走りに急げばすぐに追いつけそうである。にもかかわらず瑞蓮は、ただひたすらその背を眺《なが》めていた。

気配を感じたのだろうか。ほどなくして樹雨は足を止めて振り返った。

「どうしたんですか？　気分でも悪いのですか？」

立ち尽くしたままの瑞蓮に、心配そうに樹雨は言う。あわてて首を横に振り、宮城門をくぐる。案の定《じょう》、警護の大舎人《おおとねり》からは驚きの目をむけられたが、樹雨のあの言葉のあとではまったく気にならなかった。

「だ、大丈夫。さすがに御所に行くとなると緊張してしまって……」

「瑞蓮さんでも、そんなことがあるんですね」

おかしそうに樹雨は言った。瑞蓮は苦笑《にがわら》いを浮かべてごまかしたが、緊張したのは禁中に入るからではない。華奢《きゃしゃ》なばかりだと思っていた樹雨の背筋がすっと伸びていて、それが凜《りん》としてとても美しいことにはじめて気付いたからだ。

そのまま二人並んで、大内裏を東にむかって横切る。

数多の官衙が軒《のき》を連《つら》ねる中でも、巨大な大極殿《だいごくでん》には特に圧倒される。羅城門《らじょうもん》と同じ緑釉瓦《りょくゆうがわら》と朱塗《しゅぬ》りの柱が色鮮やかで美しい。

中小の官衙、形よく配された前栽《せんざい》が並ぶ中、位袍を着た官吏達とも数多くすれちがう。黒の位袍は四位《しい》以上の上つ方。緋色《ひいろ》の位袍は五位である。それ以下は緑、縹《はなだ》となる。

身分の高い者は褐衣《かちえ》姿の随身《ずいじん》を連れているから、大内裏を歩く者達の服装は朝服《ちょうふく》ばかりではなくまちまちである。それでも瑞蓮のような胡服《こふく》を着ている者は一人としていなかったが。

「ねえ。御所ってまだ奥にあるの？」

「いえ、もう御所の前を歩いていますよ。この築地は御所の宮垣《みやがき》です」

そう言って樹雨は、左手にある築地塀を指差した。言われるまで気にもしていなかったが、そういえば先程からずっとこの塀に沿って歩いていた。ということは、この向こうが禁中というわけである。

歩きながら樹雨は、背伸びをするようにして先を指差した。

「あそこに見える檜皮葺《ひわだぶき》の屋根が、正門の建礼門《けんれいもん》です。もちろん私達はそんなところからは入れませんけど」

言われたとおり、少し進むとどっしりとした四脚門《しきゃくもん》が見えてきた。なるほど。内裏の正門にふさわしい威風堂々とした仕様である。

「さすがに立派なものね」

素直に瑞蓮は感動した。唐坊《とうぼう》育ちの瑞蓮には、檜皮葺自体が珍しい。地域にかぎらず屋根は板葺きの粗末なものが一般的で、官庁や寺社の重要な施設も檜皮ではなく瓦《かわら》屋根だ。

建礼門の前を通りすぎ、宮垣をぐるりと回りこんで北側の門から内裏に入る。

二重垣で囲まれたその中は、先程までいた大内裏とは全く別世界だった。

白い玉砂利《たまじゃり》が敷きつめられた一面に、檜皮葺木造の威容ある殿舎《でんしゃ》が建ち並んでいる。黒枠《くろわく》の御格子《みこうし》に橡色《つるばみいろ》にも近い褐色《かっしょく》の丸柱の殿舎はまさしく和の仕様で、朱塗りの柱と瓦屋根という唐風《とうふう》の様式が目立った大内裏とはあまりにも印象が異なっていた。

塀を二つ隔《へだ》てただけで、外界とはまったくちがう空気が流れている。

これを禁中とは、よくぞ言ったものである。

ため息をつきたい思いであたりを見回しながら、瑞蓮は樹雨のあとにつづく。玉砂利を踏みしだきながら、いくらも歩かないうちに一つの殿舎の前に着いた。それはここまで見てきたいくつかの殿舎に比べると、一回りほど小さく見えた。

「ここが朱宮様がお住まいになられている、桐壺の北舎《ほくしゃ》です」

「北舎って、桐壺には別棟《べつむね》があるの？」

「ええ。御息所《みやすどころ》がお住まいの桐壺とは渡殿《わたどの》でつながっています」

なるほど。だから小造りなのか。

上流階級の子育ては通常乳母《めのと》に委《ゆだ》ねられるので、実母が同じ殿舎に住む必要はない。にもかかわらず近しい別棟で育てているというは、やはり身体の不自由なわが子を不憫《ふびん》に思ってのことであろうか。

階《きざはし》から簀子《すのこ》に上がり、樹雨は妻戸《つまど》を叩《たた》いた。ほどなくして内側から掛け金を外《はず》す音がする。戸の奥には三十前後の女人《にょにん》が立っていた。唐衣裳《からぎぬも》、いわゆる女房装束を着ているから、この殿舎の女房であろう。下は端女《はしため》から上は皇后まで、後宮《こうきゅう》に仕える女人の地位は千差万別だが、その中で女房という存在は、御所に局を賜《たまわ》る高位の女官《にょかん》の呼び名である。

「朱宮様の乳母君です」

樹雨の紹介に、乳母君は会釈《えしゃく》をした。

細面《ほそおもて》の顔立ちは整ったうちであろうが、血の気《け》がなく疲労の色が濃《こ》くにじみて見えた。あるいは彼女がまとう濃香《こきこう》の唐衣《からぎぬ》に朽葉色《くちばいろ》の表着《うわぎ》というかさねも、その顔色をいっそうくすませて映《うつ》しだしているのかもしれなかった。

「和気《わけ》医官。毎日ご苦労様です」

乳母君の声は、張りもなく活気にも乏《とぼ》しかった。

彼女はその視線を、樹雨の背後に立つ瑞蓮にむける。察したようにすかさず樹雨は言った。

「先日、お話ししていた唐坊の女医殿です」

乳母君は一度目を見張り、得心《とくしん》したというようにうなずく。

「ようこそおいでくださいました。ご案内いたします」

衣《きぬ》の裾《すそ》をひるがえし、乳母君は奥に進んでいった。樹雨に促され、瑞蓮もあとにつづく。

砂浜と松を描いた襖障子《ふすましょうじ》を開くと、そこは母屋《もや》であった。薫物《たきもの》がほのかにただよう室内には、花鳥や動物を描いた屛風《びょうぶ》と衝立《ついたて》が飾られている。几帳は三尺《じゃく》の小さな物で、練絹《ねりぎぬ》の帳《とばり》には朽木《くちき》形の紋様《もんよう》が施《ほどこ》してある。趣味の良い調度に彩《いろど》られた、若宮が住むにふさわしいきちんと整理された室であった。几帳のむこうには女房がいるようで、ひそひそと話し声が聞こえてくる。

母屋の奥には御帳台《みちょうだい》が置かれていて、手前まで来ると乳母君は帳をひょいと持ち上げて中にむかって呼びかけた。

「宮様、和気医官が参りました」

「まことか!?」

驚くほど活気のある、子供の声が聞こえた。

それだけでも驚いたが、膝《ひざ》をつき樹雨とともに御帳台の中をのぞきこんだ瑞蓮はさらに驚かされた。

畳《たたみ》と茵《しとね》で設《しつら》えた床に、萌黄色《もえぎいろ》の紐付き衣（袴着《はかまぎ》前の幼児の衣服）を着た男児が座、っていた。

（え、寝たきりじゃなかったの？）

手をついて、両膝を内側に向けてぺたりと座り、しっかりとこちらを見上げている。禿《かむろ》に揃《そろ》えた柔《やわ》らかそうな髪。潑剌《はつらつ》とした明るい表情。つぶらな眸《ひとみ》は無邪気な光に輝き、姫君と見紛《みまご》うほどに愛らしい幼児であった。

（この御子が、朱宮？）

想像とだいぶん違う外貌に、瑞蓮は目を疑う。

樹雨は膝行《しっこう》して、朱宮の傍《そば》に寄った。

「こんにちは、宮様。いい子にしておられましたか？」

「うん、薬もちゃんと飲めたよ」

「それはようございました。干し棗《なつめ》を加えて甘くしたのがようございましたか」

樹雨の物言いがいっそう優《やさ》しくなる。この年の幼児に、彼が医官だという認識がどの程度あるのかは分からぬが、少なくとも懐《なつ》いていることは間違いない。

「本日は新しい薬師を連れてまいりました。先日、お話しいたしました女医殿でございます」

そう言って樹雨は、入り口にいる瑞蓮のほうを振り返った。それまでぼんやりと二人を眺めていた瑞蓮はあわてふためく。

「こ、こんにちは……」

ぎこちなく頭を下げはしたが、幼いとはいえ相手は宮様なのだから、もう少し丁《てい》寧《ねい》な対応が必要だったのかもしれない。しかし動転していたことに加え、子供相手ということもあり、とっさにかしこまった言葉が出てこなかった。

瑞蓮の姿に朱宮は目を輝かせた。

「うわあ、医官が言ったとおり、まことに月のような者じゃ」

「⁉」

「ちがいますよ、宮様。私は月の光を紡《つむ》いだような髪をしていると申したのです」

水を飲んだわけでもないのに、むせ返るかと思った。口許《くちもと》を押さえ、すんでのところで堪えるが、反動で顔が赤くなる。

頬がやけに熱い。きっといま自分の顔は、信じられないぐらい真っ赤になっているのだろう。御帳台の陰で周りに気付かれていないであろうことは幸いだった。

瑞蓮は唇をもごもごと動かした。混乱していた。この場でなにをどう言ったら良いものか、皆目《かいもく》見当がつかない。

朱宮は瑞蓮の髪に、羨望《せんぼう》と好奇心を湛《たた》えた眼差《まなざ》しをむける。

「ちょっと触《さわ》ってもかまわぬか？」

「宮様。あまりはしゃがれると女医殿がびっくりしてしまいますよ」

優しくたしなめる乳母君の眼差しは慈愛《じあい》に満ちていた。疲れきった暗い表情にも明るさがよみがえる。さもありなん。けして子供好きではない瑞蓮でさえ、愛らしいと感じたほどだ。まして養《やしな》い君《ぎみ》であれば、それこそ眼の中に入れても痛くないほどであろう。

「宮様、まずはお身体を診ていただきましょう」

乳母君の一言で、瑞蓮はようやくわれに返る。

そうだった。お役目を失念しかけていた。自分はそのために、こんな別世界に足を踏み入れたのだった。

樹雨の目配《めくば》せにうなずくと、瑞蓮は乳母君に言った。

「お召し物を緩《ゆる》めていただけますか？」

乳母君は朱宮になにか言うと、彼の背を支えつつ脚を伸ばしてやりながらゆっくりと小さな身体を横たえた。

横面《よこつら》を軽く叩かれたような衝撃《しょうげき》とともに、現実を思い知らされた。

そうだった。この子は蛭子《ひるこ》と呼ばれているのだった。

外見こそこのように愛らしいが、起居の動作のすべてに介助を要する。いま座っていられたのだって、割座《わりざ》にて腕で身体を支えていたから保持できていたにすぎなかったのだ。腕の支えがなければ、おそらく体幹を支えきれずに崩《くず》れてしまっていただろう。

樹雨が言っていたことに、誇張はなかった。精神は健やかに育っているということも含めて――。

手馴《てな》れた様子で朱宮の衣を脱《ぬ》がせてゆく乳母君に、一瞬とはいえ物事を軽く考えていた自分を瑞蓮は深く恥じ入った。

「風瘾疹《かざほろし》（蕁麻疹《じんましん》）でまちがいないと思うわ」

「やはり、そうですか」

瑞蓮の診立《みた》てに、樹雨も納得顔で同意した。

御帳台から離れた西廂《にしひさし》で、乳母君も含めた三人で症状について話しあった。朱宮の世話は他の女房に任《まか》せている。素直で明るい朱宮は、北舎の女官全員に懐いているようだった。

尾骶骨《びていこつ》にできた床擦れ自体は、ごく初期で小さいものだった。滋養のある食事を摂《と》ったうえで頻繁《ひんぱん》に体位を変えるか、ああいう形でも座れるのなら積極的に起こして圧迫を避けるようにすればなんとか治癒《ちゆ》するだろう。

それよりも気になったのが、手足にできた蚯蚓脹《みみずば》れだった。

乳母君の話によると、今朝《けさ》突如《とつじょ》として現れた発疹《ほっしん》を、朱宮が掻《か》き毟《むし》った痕《あと》なのだという。ちなみに朱宮は脚はほとんど立たないが、手はぎこちないながらそれなりに動かせるそうだ。

樹雨から渡されていた痒《かゆ》み止めの軟膏を塗り、四半刻《しはんとき》（約三十分）もすると発疹も痒みも消えていたが、蚯蚓脹れの痕はまだ生々《なまなま》しく残っていた。

「私はその場に居合わせたことがないのですが、これまで何度か似たような症状が起きたと乳母殿からうかがっております」

「はい。半年ほど前から月に一、二度の頻度《ひんど》で、今朝のような症状で激しくお泣きになられます。それがお労《いたわ》しくて……」

乳母君は眉《まゆ》を曇らせた。子供が肉体的な苦痛で泣くさまは、赤の他人が見ていても辛《つら》いものだ。まして乳母という立場であれば、胸が焦《こ》げる思いであろう。

「風癮疹だとしたら、気になるのは原因よね」

瑞蓮の意見に、樹雨はうなずいた。

「虫刺されや植物に触れて起きることもありますが、宮様の場合は庭にお出になられたわけでもありませんし、この時季に人を刺すような虫が屋内に入ってくるとも考えにくいですよね」

「そうなると食べ物の可能性が高くなってくるわね」

腹下《くだ》しとは別に、ある種の食物にあたる体質の人間が一定数存在する。他の者がなんの問題もなく食べている食物を、その人間が口にすると風瘙疹《かざほろし》の症状を引き起こしてしまう。

皮膚症状だけならまだよいが、食べ物や虫刺されが原因の場合、発熱やときには息ができないなど、生命《いのち》にかかわるほど重篤《じゅうとく》な症状を引き起こすこともある。それに比したら風瘙疹だけで、しかも四半刻で発疹が消えたというのは比較的軽いうちではあったのだが。

瑞蓮は乳母君に尋ねた。

「昨日の夕餉《ゆうげ》から今朝の朝餉《あさげ》まで。それ以外にも、宮様がお召しになられた食事でいつもと違ったものはありませんでしたか？」

「御膳《おもの》（貴人の食事のこと）ですか？」

乳母君は頻に手を添えて首を傾《かし》げた。一口に違ったものと訊《き》かれても、とっさに出てくるものではないだろう。

「風癮疹を起こしやすい食べ物としては、青魚《あおざかな》に海老《えび》、蟹《かに》等があります」

「干鯛《ほしだい》ならば粥《かゆ》に混ぜてお出しいたしましたが……」

「それは、おそらく大丈夫だと思います」

鯛は白身である。青魚は大人には美味だが、匂《にお》いが強いので子供は嫌《きら》うかもしれない。鯛なら淡白《たんぱく》だし、干魚の塩味が効《き》いていて粥に入れると美味であろう。

「御所の方々が召されるかは存じませぬが、鶏卵《けいらん》や牛の乳はいかがですか？」

どちらも唐坊では食されるが、日本人には一般的な食材ではない。雉《きじ》や鴨《かも》の肉は食べても、鶏は神の使いとされているから食さない。ならば鶏卵も似たようなものだろう。

これには乳母君ではなく樹雨が答える。

「牛の乳は御牧《みまき》で摂っています。宮様も酪《らく》や蘇《そ》として何度かお召しあがりになられていますが、これまで風癮疹が出たことはありません」

酪は飲料。蘇は固形の食物で、どちらも牛の乳を加工して作った食品である。大変に高価なもので、常食用ではなく滋養のための食材だ。いずれにしろ庶民の口に入ることはまずない。

「じゃあ牛の乳もちがうわね」

ちなみに予想どおり、鶏卵は口にしたことがないということだった。

瑞蓮は眉間《みけん》にしわを寄せ、可能性のある食材を片っ端から想起してみた。

「蕎麦《そばむぎ》はどうでしょう？」

「蕎麦？」

乳母君が怪訝《けげん》な顔になった。それがあまりにも露骨《ろこつ》だったので、瑞蓮はわが意を得たりとばかりに心の内で手を鳴らした。

（これか⁉）

ところがである。

「瑞蓮さん。いまどき蕎麦なんて誰も食べませんよ」

乳母君ではなく、樹雨が言った。

今度は瑞蓮が怪訝な顔をする。

「え、どうして？」

「いや、あんなものは飢饉《ききん》のときぐらいしか食べないでしょ」

「……」

なにを言っているのか理解できなかった。確かに米や小麦のような主食ではないが、唐坊ではそれなりに食される。団子にして羹《あつもの》に入れることもあるし、練って薄く伸ばしたもので野菜や肉を包むなどもする。

「でも、東市では売っていたわよ」

「まあ売ってはいますけど、どちらかというと本当に貧しい者達のための食材ですよ。あと捻挫《ねんざ》や打ち身の薬には使いますかね。私も食べたことはないです」

「そうなの⁉」

素直に驚いた。蕎麦が薬として使えることはもちろん知っていたが、それが主たる使い方だったとは。しかし言われてみれば博多でも、唐坊の外の人々が蕎麦を食べているかどうかなど気にしたこともなかった。

そういえばいわゆる五穀《ごこく》の中にも蕎麦は入っていないから、日本人にとってはあまり一般的な食材ではないということか。

「もったいない。羹の具にすると美味《おい》しいのに」

瑞蓮はぼやいたが、これで蕎麦の可能性もなくなった。魚介類、牛の乳、蕎麦ではないとすると、他に食材が思いつかない。そもそも乳母君の証言では、症状が出た日の朝餉も夕餉も、それまでと比べて取り立てて変わった食材はなかったということだった。

「となると、原因は食事ではないということかもね」

「他に考えられることといったら……」

樹雨はそこから先の言葉を濁《にご》した。その真意は瑞蓮も分かった。

可能性として精神的な負担が考えられるのだが、相手は幼児だし、なによりこれほど献身的《けんしんてき》な乳母君を前にしては言いにくい。

短い思案のあと、言葉を選んで瑞蓮は尋ねる。

「朱宮様はご自身のお身体のことを、どのように受け止めておいでなのでしょうか？」

他の子供のように動くことができない。簀子や庭を走り回る他の子供に、羨望《せんぼう》の眼差しをむけてはいないのか。そこから導けば、乳母君の気持ちを害さずに朱宮の精神的な不安や負担を指摘することができると思ったのだ。

乳母君は遠慮がちに答えた。

「その、子供だからとうぜんだとお考えのようです」

「え？」

「周りに大人しかおりませぬでしょう。乳兄弟《ちきょうだい》になる私の息子も、夫の赴任《ふにん》でいまは京にはおりませぬので。ですから子供とは動けないもので、大人になったら動けるようになるのだとお考えのようです」

瑞蓮は言葉をなくした。

やりきれない思いが胸にあふれる。朱宮の身体は生まれつきのもので、治すという類の病《やまい》でない。今回瑞蓮が訪れたのは、あくまでも皮膚病を診るためである。根治《こんち》する病ではない。

その現実を、あの屈託《くったく》のない若宮が幾つで悟《さと》るのか。あるいは子供が成人するのが難しいこの世では、その前に身罷《みまか》ってしまう可能性もある。

深淵《しんえん》に沈みそうになる気持ちを、なんとか引き止める。

「そうですか。ならばお心の沈み具合は、さほど心配しなくても大丈夫のようですね」

「そうであるように私も願っております。宮様の屈託のない笑顔を拝しますと、私のほうも気持ちが明るくなりますゆえ」

そう言って乳母君は、波紋《はもん》が広がるように静かに微笑《ほほえ》んだ。

ひととおりのことは尋ねたのでそろそろ暇乞《いとまご》いをしようと考えていると、衣擦《きぬず》れの音をさせて一人の女房がやってきた。

彼女は乳母君の傍《かたわ》らに座り、なにやら耳元でささやいた。乳母君は目を瞬《またた》かせ、遠慮がちに言った。

「あの、御息所《みやすどころ》様が御二方にお会いしたいと仰《おお》せで……」

瑞蓮と樹雨は顔を見合わせた。

実の母親が息子の担当薬師に会いたいというのは、極《きわ》めて普通の要求である。しかし自分の外見を考えれば、帝《みかど》の寵姫《ちようき》のように高貴な人を脅《おび》えさせはしないかという懸念《けねん》もある。

とはいえ断るわけにもゆかぬので、案内役の女房に連れられて渡殿に出た。

桐壺に上がって東簀子を進むと、南の方向に別の殿舎が見える。何気なく眺めていると樹雨が「梨壺《なしつぼ》の北舎ですよ」と教えてくれた。

「どの殿舎にも、北舎があるの？」

「いいえ。桐壺と梨壺だけですよ」

見るとあちらの簀子にも、女房と思《おぼ》しき女が立っていた。しかし遠目なので、年齢や顔立ちまではよく分からない。

「梨壺には誰が住んでいるの？」

「あちらの殿舎は、右大臣《うだいじん》家の女御《にようご》様が賜っておいでてございます」

樹雨に尋ねたつもりだったのだが、先導役の女房が答えた。

女御とは皇后に次ぐ、高位の妃《ひ》である。そういえば桐壺御息所はあくまでも召人《めしうど》で、女御や更衣《こうい》の正式な妃には立てられていないのだった。

今上には他に、先の東宮の娘・王女御《おうのにょうご》が入内《じゅだい》しているという。即位をしないまま身罷った先の東宮は今上の年の離れた同母兄だから、こちらの夫婦は叔父《おじ》・姪《めい》の関係になる。この国の上つ方にとって、この程度の近親婚は一般的なものであった。

妻戸から中に入り、広々とした廂《ひさし》の間を進む。

用意された円座《わろうだ》に腰を下ろすと、御簾《みす》のむこうに小袿《こうちぎ》姿の女人が座っていた。正装である唐衣裳《からぎぬも》に比して、小袿は略装。御所においては、殿舎の女主人にしか許されない服装だった。ならばこの桐壺で小袿を着ている女人はおのずと決まってくる。

「よくぞ参られました」

少々甲高《かんだか》い声は強張《こわば》っており、癇症《かんしょう》な印象を受けた。

隣《となり》で樹雨がかしこまって頭を下げたので、瑞蓮ものろのろとそれに倣《なら》う。

「和気医官」

顔を上げるなり、御息所は呼びかけた。

「その者が、そなたが話していた唐土《もろこし》の薬師ですか？」

権高《けんだか》な物言いではあったが、御息所の声はまだ若い少女のもののようだった。朱宮の年齢を考えれば、瑞蓮よりも年下であってもおかしくはない。そもそも父親である今上がまだ二十二歳である。

「さようでございます」

樹雨は肯定したが、正確に言えば瑞蓮は日本生まれで唐土の人間ではない。しかしここでそれを言うと説明が面倒になるので黙っていた。それに医術自体は基本的に唐土由来だから的外《まとはず》れではない。

「この方は外科にかんして造詣《ぞうけい》が深く、かならず宮様のお力になってくれるものと確信しております」

あまり過剰《かじょう》な期待をされてはと懸念していたので、樹雨が外科と念押ししてくれたのはほっとした。唐土の医術で朱宮を歩けるようにしろと求められても、瑞蓮にはなす術《すべ》がなかった。

「それは頼もしいこと」

御息所は少し身を乗り出した。動いたはずみだろうか。華やかな梅花《ばいか》の薫《かお》りがほんのりと鼻をかすめる。

「杏林殿《きょうりん》」

それが自分のことを指しているとはとっさには分からなかった。杏林とは薬師の美称である。

「は、はい？」

「とうぜん承知していることとは思いますが、朱宮は主上《おかみ》の唯一の皇子《みこ》。この国にとってなくてならない御方です。全身全霊を傾けて職務にあたるよう、しかと心に念じ入るように」

「……承知致しました」

およそ人にものを頼んでいるとは思えぬ高圧的な物言いに、わだかまりを覚えたことは間違いない。それでなくとも父親が外国人で博多の唐坊育ちという瑞蓮の生育環境では、禁中に対する敬意はさほど養われていなかった。

常であれば腹の虫が治まらないところだった。しかし世間に隠蔽されている皇子を〝主上の唯一の皇子〟と称し、〝この国にとってなくてはならない御方〟と語る御息所の心境を思うと、反発よりもやりきれない気持ちが勝《まさ》ってしまう。

先程は乳母君の心痛を想像した瑞蓮だったが、生母の心中にいたってはもはや計り知れなかった。御簾一枚隔てて座る女人の姿に目を凝《こ》らすと、その面差《おもざ》しはまだ少女のあどけなさを残しているように見えた。

御所を出て、官衙が建ち並ぶ大内裏を歩いた。

「食べ物や衣服が原因でないのなら、あとはなにがあるんでしょうね……」

困り果てたような樹雨の問いには答えず、瑞蓮は気難しい表情のまま空を眺めていた。

天頂より随分《ずいぶん》と西に傾いた陽《ひ》の光が、大極殿の緑釉瓦《りょくゆうがわら》を照らしている。

虫や植物も、朱宮の生活環境からは考えにくい。となると消去法で精神的な要因となってくるが、それればかりはどうにも証明ができない。まして四歳の子供に気持ちのありようを見直せなどと言って通じるわけがない。本人が無意識のうちの精神的な負担は、それを取り除くためには周りが配慮するしか術《すべ》はない。とりわけ子供ならなおさらだった。

(でもねえ……)

瑞蓮は途方に暮れた。

あの献身的な乳母君に、それを口にするのは憚《はばか》られた。

なまじ美しい女人だけに、やつれ果てた面差しがかえって痛ましい。

朱宮の世話自体は他にも女房、女官がいるから、乳母君一人に負担がかかっていることはないはずだ。しかし貴人の教育を一身に担《にな》う立場として、朱宮があのように育っていることには深い自責の念を抱いていることだろう。そこに養い君の精神的な負担を示唆《しさ》すれば、さらに追いつめてしまうにちがいない。

「言えない、よなあ」

途方に暮れて瑞蓮はぼやいた。よく聞き取れなかったのか、樹雨は聞きなおすような表情を浮かべた。

「なんと言っ──」

「おや、和気医官ではございませぬか」

わざとらしい程の声高《こわだか》な呼びかけだった。見ると前のほうから、数名の男達が歩いてきている。全員が比較的若い。二十歳《はたち》の樹雨よりは年上であろうが、それでも二十代半ばから三十前後と思われる。その中には樹雨と同じ、緑色の位袍姿の者もいた。

彼らの姿に樹雨はわずかに眉を曇らせた。

「これは、陰陽寮《おんみょうりょう》の……」

どうやら青年達は陰陽寮の官吏らしいが、この反応からして樹雨にとってあまり話をしたい相手ではなさそうだ。ちなみに一口に陰陽寮の官吏と言っても、そこには陰陽師《おんみょうじ》だけでなく、暦《こよみ》や漏刻《ろうこく》を専門に扱う者や庶務の者もいる。彼らの専門は分からぬが、特に若い者等はまだ学生かもしれない。

「おや、そちらが御息所《みやすどころ》におうかがいをたてたという女医ですか？」

揃って無遠慮《ぶえんりょ》な眼差しをむけたあと、中でも一番年嵩《としかさ》と思しき三十がらみの男が訊いてきた。緑色の位袍を着て、鼻の下にぷっくりと膨《ふく》らんだ黒子《ほくろ》がある。

確かに話を通していると樹雨は言っていたが、典薬寮ならともかく陰陽寮の官吏達の耳にまで入っているとは、いったいどこまで話を広げたものやらである。

「そうです。お目通りが叶《かな》いまして、いま退出してきたところでございます」

「それはご苦労でございますな」

慰労《いろう》の言葉を口にしながら、黒子の男の声の響きはひどく軽い。

なんだか嫌味っぽい連中だと、瑞蓮は警戒した。

正直に言えば、僧侶や陰陽師等の験者《げんざ》はあまり好きではなかった。別に敵視をしているわけではない。祓《はらえ》や祈禱《きとう》を併用《へいよう》したところで、理屈的には医術的な治療の妨《さまた》げにはならないから関係がない。

しかし調伏《ちょうぶく》に傾倒するあまり、薬師の治療をないがしろにする者がしばしばいるのも事実だった。市井《しせい》に跋扈《ばっこ》する怪《あや》しげな法師陰陽師《ほうしおんみょうじ》（陰陽寮に所属しない非官人の陰陽師）が下した卦《け》の結果、処方した薬が拒否された経験もこれまで何度かあった。

（まあこの人達はれっきとした官人の陰陽師だから、いい加減なことはしないでしょうけど）

彼らが陰陽師だと決まったわけではないが、陰陽寮という官衙に所属する官吏であることは確かである。陰陽道の学問を積んだ彼らは、胡散臭《うさんくさ》い法師陰陽師とはちがうはずだ。それにしては樹雨の浮かない反応が気になるのだが——。

「そうそう。宮様の御局を変更するよう、ご進言申し上げましたのでご注意を」

黒子の男の言葉に、樹雨は「え？」と声を短く漏《も》らした。

「……あの、またですか？」

「易《えき》にていまお出《い》でになられる局が凶《きょう》であるという卦が出ましたので、とうぜんの義務としてご進言申し上げました。邪気《じゃき》が留《とど》まる場所からお逃《のが》れになれば、今度こそ宮様の病状もよくなりますことでしょう」

不満げな面持ちの樹雨を前に、胸を張って黒子の男は語る。周りの官吏達もここぞとばかり畳《たた》み掛けてくる。

「僧侶達の加持《かじ》もなかなか効《こう》をなさぬとあって、これはそうとうにしぶとい物の怪《もののけ》でございますよ」

「まことに。いくら調伏しても、すんでのところで逃げおおせるとみえる」

言葉ほど忌々《いまいま》しげではなく、むしろ面白《おもしろ》おかしいように彼らは語る。

胸が冷えた。なるほど。隠蔽され世間から認知もされていない皇子の祓や占《うらない》など、官吏としては馬鹿々々しくてまともに相手をする価値もないというわけか。ましてて母親が権門出身でもないただの女房だというのだから、奉仕をすることに得などない。おそらく先刻の局の移動とて、体裁《ていさい》をとりつくろうためだけで、ろくに筮竹《ぜいちく》にも占盤《せんばん》にも触れず適当に言ったにすぎないのだろう。

樹雨のような新人医官が皇子の担当を一人で請け負わされていることにも、これで合点《がてん》がいった。

ようするに朱宮は、陰陽寮からも典薬寮からも見捨てられているのだ。皇子という身分にあるから、それぞれの寮も表向きは取り合うが、真摯《しんし》に対処するつもりなど毛頭ない。あんがい典薬寮の上官達も、樹雨がこれほど真面目《まじめ》に朱宮に接するとは思ってもいなかったのかもしれない。

この状況を知って鑑《かんが》みると、先程の御息所の高慢な物言いがいっそう哀《あわ》れみを増す。

なにか言いたげな樹雨に、官吏達は「あなや」と大袈裟《おおげさ》に肩をすくめる。

「おやおや。そのように怖《こわ》い顔をなされては、宮様に怖がられてしまいますぞ」

「大丈夫よ。私を見ても怖がらないぐらい度胸をお持ちの方なのだから」

腹に据《す》えかねて瑞蓮は言った。それまで黙っていた異相《いそう》の女の発言に、官吏達はぎょっとする。対して瑞蓮は、氷のように冷ややかな眼差しをむける。

官吏達は露骨にうろたえだした。琅玕《ろうかん》を思わせる眸《ひとみ》は珠《たま》に喩《たと》えれば美しいが、彼らからすれば鬼を思わせるものだったのだろう。淡い色の髪、彫りの深い目鼻立ちも同様だったかもしれない。

「さればこそ、胡散臭い陰陽師達の卜占《ぼくせん》など恐れもなさらないでしょうよ」

けっこう露骨な皮肉だったが、動揺した官吏達は気付いていないようだった。あるいは気付いていても、恐れと多少の良心の呵責《かしゃく》から反撃の言葉を失ってしまったのかもしれない。

（まったくこんな情けない奴《やつ》らが、悪鬼《あっき》退治なんてできるのかしらね）

鬼と人間《わたし》の区別もつかないでいるというのに。自虐《じぎやく》を交《まじ》えつつも鼻で笑い、瑞蓮は樹雨を一瞥《いちべつ》する。

「こんなところで油なんか売ってないで、早く典薬寮に行きましょう。あまり暗くなると文献を探しにくくなるわ」

実はこの先にある典薬寮に向かっている最中だった。

風癮疹《かざほろし》についてなにか知見を得られないかと、二人で文献を探すことにしたのである。ちなみにあとから聞いた話ではあるが、この段階で瑞蓮達は陰陽寮をすでに通りすぎていたので、この官吏達は自分達の官衙に戻る最中であったのだろうということだった。

「そ、そうですね！」

子供のように大きな声で応じた樹雨に、瑞蓮はくすっと喉《のど》を鳴らした。

風を切るように颯爽《さつそう》と歩きだすと、官吏達は固まったまま、逃げるように道をあける。陰陽師とて鬼は怖いとみえる。

しかしその中で一人だけ動かない者がいた。多少は骨のある者もいたようだ。

それは縹色の袍を着た、痩身《そうしん》の若者だった。

色素の薄い眸で無遠慮なほど率直に瑞蓮を見つめている。好奇の目をむけられるのはいつものことだが、ここまで不躾《ぶしつけ》なのはさすがに珍しかった。

とはいえそれだけなら、無視して通りすぎる。

だがすれ違う瞬間、青年は瑞蓮にむかって微笑みかけた。

それはまるで凍《い》てついた空気の中、見事に咲いた寒牡丹《かんぼたん》を讃《たた》えるかのごとく憧《しょう》憬《けい》に満ちたものだった。

予想すらしない反応に、瑞蓮は驚いて足を止めた。

対して青年は振り返りもせず、背を見せたまま通りすぎて行った。


翌日。瑞蓮と樹雨は、ふたたび御所に足を運んだ。

典薬寮の書庫を調べたものの、風癮疹の原因は特定できなかった。

しかしそれ以外にも、朱宮には薬師が手をつけるべき箇所がいくらでもある。

まず皮膚全体が子供にしては乾燥しており、風癮疹がなくとも痒みが生じやすい状態にあった。そのために保湿用の軟膏を調合した。

床擦れによる創部の治癒を促すためには、圧迫を避けるだけではなく食事にも気をつかわなければならない。それには滋養の高い食材、端的《たんてき》に言えば肉や魚、乳製品を摂る必要がある。

「もちろん風癮診《かざほろし》の原因ではないことが前提だけどね」

「ですが昨日の乳母君の話では、御膳《おもの》は関係なさそうですし」

などと話しながら門をくぐった瑞蓮達は、正面に建つ殿舎の簀子に一人の女房が立っていることに気がついた。俗に言う後宮は七殿五舎と呼ばれる殿舎で構成されており、安喜門《あんきもん》から入ってすぐ前に建つこの建物は、宣耀殿《せんようでん》と呼ばれている。東隣にある桐壺とは渡殿でつながっている。

後宮殿舎に女房がいるのはとうぜんのこと。さして気にも留《と》めず、桐壺にむかおうとしたときだった。

「そなたが、桐壺に参ったという女医ですか？」

とつぜんの呼びかけに、瑞蓮は足を止めた。簀子との距離は二間《けん》には足らずといったところか。檜扇《ひおうぎ》を広げているにもかかわらず、その女房の顔はわりとあからさまだった。

初見では軽くひるむほど、派手な女人だった。

濃い化粧を施した顔から推察するに、年の頃は四十半ば。辛《かろ》うじて五十にはなっていないだろう。髪は豊かで長かったが、少々白髪《しらが》が目立っていた。

ふくよかな身体にまとうのは、萌葱《あお》の唐衣と黒味のある赤の表着《うわぎ》。双方ともに地紋《もんじ》のある生地《きじ》に白の糸で梅丸の上紋を織り出した二陪織物《ふたえ》は、女房の中でも特に上位の上臈《じょうろう》にしか許されないものだ。

袖口《そでぐち》や襟元《えりもと》からのぞく五つ衣《いつぎぬ》は、白と蘇芳《すおう》をあわせた梅のかさね。唐衣と表着の白い上紋とよく調和している。装束から女房であることはまちがいないが、これはまさに皇太后のごとき貫禄《かんろく》である。

「はい、確かに昨日は桐壺にうかがいました」

見知らぬ人物からの一方的な確認に、瑞蓮は用心深く応じた。しかし女房は気にしたふうもなく、意外なほど快活な声で言った。

「桐壺での用事が終ったら、宣耀殿《こちら》にも足を延ばしてもらえぬであろうか。是非《ぜひ》ともそなたに診てもらいたい女房がいるのじゃ」

「宣耀殿？」

「私がお連れします。大典侍《おおすけ》」

殿舎名に首を傾げる瑞蓮に、横合いから樹雨が会話をさらった。

私はまだ了承していないという反論はうっすらあったが、どのみち典侍《ないしのすけ》という身分を考えれば断る選択などなかっただろう。典侍とは後宮を束《たば》ねる内侍司《ないしのつかさ》の次官であり、尚侍《ないしのかみ》に次ぐ高位女官である。位階は従四位《じゅしい》で上臈にあたる。大典侍はその中でも筆頭の者に与えられる称号だった。

そもそも相手の身分がどうであれ、端《はな》から診立ての依頼を断るなど薬師の道義に反する。瑞蓮が茅子《かやこ》の診療に対して気が進まなかったのは、あくまでも彼女自身の診療拒否が原因だ。向こうから望まれたのなら、よほど横暴な相手でないかぎり拒絶はしない。

「承知致しました。桐壺での用件が終わるまで、しばしお待ちくださいませ」

背筋を伸ばしたまま堂々と答える瑞蓮の態度は、見ようによっては不遜《ふそん》にも映っただろう。

しかし大典侍は気を悪くしたふうもなく、むしろ感心したように言った。

「なんともまあ、凛《りん》とした佇《たたず》まいであろうか」

「おそれいります」

「頼もしい娘じゃ。待っておるぞ」

そう言うと大典侍は踵《きびす》を返して立ち去って行った。

大典侍と別れたあと桐壺の北舎に入った瑞蓮は、乳母君達に朱宮の疵《きず》や皮膚の処置の術を指導した。

「身体を拭《ふ》いてさしあげたあと、間をおかずにこれぐらいの量を塗ってください」

そう言って、人差し指と中指の先に軟膏を盛って見せる。

「けっこうたっぷり塗るのですね」

舟形袖《ふながたそで》に褶《しびら》を巻いた二十歳ぐらいの娘が、驚いたように言った。百合女《ゆりめ》という名で、乳母君の侍女《じじょ》ということだった。宮仕えをする女房は、たいていが個々で身の回りの世話をする侍女を雇《やと》っているものだ。

百合女の素朴《そぼく》な疑問に、瑞蓮はうなずいた。

「冬場は特に乾燥しますので。夏はもう少し加減してよいと思います」

「そっか、汗疹《あせも》ができちゃいますものね」

朱宮の世話役の中心はもちろん乳母君だが、荒仕事となると女房よりもっと身分の低い者の受け持ちとなる。この百合女は乳母君個人の侍女だが、御所には唐衣裳姿の女房以外にも、女嬬《にょうじゅ》や雑仕女《ぞうしめ》等身分の低い女官が大勢仕えている。

軟膏塗りを百合女に任せ、瑞蓮は樹雨とともに床擦れの処置をした。朱宮は乳母君の膝にしがみついて、小さな背をこちらにむけている。採光性を考えて、場所は廂の間を使っている。御帳台や母屋は薄暗く、皮膚や疵の具合が見えにくかった。

疵を洗浄したあと、蒲黄《ほおう》（蒲《がま》の花粉）を練ったものを塗布《とふ》する。

「杏林が作ってくれた薬を塗ったら、ぜんぜん痒くなくなったよ」

処置が終ると、待ちかねていたように朱宮は言った。御息所が言っていた杏林の呼称を、さっそく朱宮が使っていることに少し驚いた。

邪気のない朱宮の物言いに、樹雨は目を細める。

「それはよろしゅうございました。それにしても宮様。疵を洗うときは痛かったでしょうに、よく我慢なさいましたね」

「ううん。そんなに痛くなかったよ。乳母が痛くないですよってずうっと言っていたけど、本当にそうだった」

なにかなだめていると思ったら、そんなことを言っていたのか。処置に集中していたので聞こえなかった。

「もちろんです。乳母は偽《いつわ》りなど申しませぬ」

とろけそうな眼差しの乳母君に、瑞蓮は途方にくれた。

これほど献身的な乳母に対し、養い君の風癮疹《かざほろし》の原因が心因的なものやもしれぬなどと、どうして告げることができるだろう。

（言ったからといって、たちどころに改善するものでもないし）

だから急いで伝える必要もないだろう。

そもそも精神的な負担が身体に影響を及ぼしている場合、ひとつの事案だけが原因ではなく、小さなことが積み重なっていることのほうが多いから、意識したからといって早急に解決できるものでもない。

瑞蓮と樹雨が処置に使った道具を片付けていると、一人の女房が入ってきた。彼女は乳母君のそばにより、なにやら耳元でささやいた。たちまち乳母君の表情が強張る。

「百合女、宮様をお連れして」

何事かと訝《いぶか》る瑞蓮と樹雨の前で、乳母君は百合女に朱宮を渡す。百合女のほうも納得尽《なっとくづく》で、朱宮を抱《かか》えて立ち上がった。

「宮様。乳母君は医官様達とお話があるそうですから、先に御座所《おましどころ》に戻りましょう」

そう言って百合女は、朱宮を連れて逃げるように立ち去った。

瑞蓮と樹雨は顔を見合わせる。しかし乳母君は口を開かず、いっそう表情を硬《かた》くしている。

「あの、いったい……」

たまらず樹雨が切りだしたとき、奥の妻戸が音をたてて開き、若い女人が飛びこんできた。

二十歳を少し越したぐらいの、あどけなさが残る佳人《かじん》であった。

色白の小さな顔に黒目勝ちな団栗眼《どんぐりまなこ》。すっとした鼻梁《びりよう》にふっくらとした唇。ほっそりとした身体には、艶《つや》やかな黒髪が滝のように流れ落ちている。薄紅《うすべに》の桃花《とうか》のように可憐《かれん》な美貌《びぼう》の持ち主だった。

しかし彼女の様相は尋常《じんじよう》ではなかった。髪をふり乱し、荒い呼吸を整えるように大きく肩を上下させている。

(この方は……)

瑞蓮は息を詰めた。前に会ったときは、御簾を隔てていたので、よく見ることができなかった。しかし——紅梅色の織物に、萌黄色の糸で梅丸の紋を織り出した二陪織物の小袿。それだけで名乗らずとも誰だか分かるというものだ。

「御息所様」

乳母君の声はわずかに震えていた。

「お前の乳が悪かったからよ!」

開口一番、桐壺御息所は怒鳴《どな》りつけた。

瑞蓮は唖然《あぜん》としたが、乳母君には驚いた様子はなかった。

「お前の乳が悪いから、朱宮はあんなふうに育ってしまったのよ。産声《うぶごえ》も高らかでまことに元気のよい赤子《あかご》だったのに、お前などを乳母にしたばかりに！」

あまりの暴言に、怒りよりも耳を疑った。誰かが呪詛《じゅそ》をかけているとでも言うほうが、まだ理解できる。

喚《わめ》き散らす御息所に、乳母君はただ平伏《へいふく》している。反論もしないが、床《ゆか》に額《ひたい》を擦《こす》り付けて謝罪するというのでもない。吹きすさぶ嵐が止《や》むのを、ひたすら待っているといった感じだった。

「いったいどうしてくれるの！　梨壺の女房達に言われたわよ。そちらの宮様はいつ袴着《はかまぎ》を行われるのですかって！」

人としての神経を疑う、ひどい暴言である。

袴着とは文字どおり、幼児が初めて袴を着ける儀式である。一般的に三歳から七歳ぐらいの間に執《と》り行われる。四歳という朱宮の年齢を考えれば遅れているわけでもないが、現状を考えれば執り行う予定がないと考えるべきだろう。

右大臣の姫である梨壺女御に、子はまだないと聞いている。彼女に仕える女房達からすれば、もともとは自分達とさして地位の変わらぬ御息所が帝の寵《ちょう》を受けただけでも腹立たしいのに、まして自分達の主人をさしおいて先に子を孕《はら》んだと知ったときは地団駄《じだんだ》を踏んだにちがいない。

しかし育ってみればこの結果である。女房達からすればまさしく溜飲《りゅういん》が下がったのだろうが、世の中には言ってはならぬことがある。御息所が怒り狂うのはとうぜんだった。

御息所はぶるぶると拳《こぶし》を震わせ、はっきりと聞こえるように毒を吐《は》いた。

「あの女、なにが女御よ。素腹《すばら》（不妊のこと）のくせに！」

瑞蓮は眉をひそめた。素腹の女御というのが、梨壺女御を指しているのは明白だった。袴着云々《うんぬん》の件もひどいが、素腹のくせにという言いようも相当である。どっちもどっち。人の心を思いやらないにも程がある。

「そなた達もです！」

御息所は矛先《ほこさき》を瑞蓮達に向けた。とつぜんのことに瑞蓮も樹雨も呆然として対応ができない。手がつけられないほどに興奮した御息所は、唾《つば》を飛ばしながら激しく叫ぶ。

「病を治せぬなど、なんのための薬師なのっ！　真言院《しんごんいん》（内道場）、陰陽寮は宮のために懸命に治癒を祈っているのだから、そなた達も薬師としておのれの仕事を死んだ気で果たしなさいっ！」

　昨日の陰陽寮の官吏達とのやりとりを思いだして瑞蓮は皮肉な気持ちになったが、さすがにこの場でそれを言うつもりはなかった。そんなことを言えば、この女性は憤死《ふんし》してしまうかもしれない。

　ひとしきり喚き散らしたあと、御息所は憤然《ふんぜん》と局を後にした。終始気圧《けお》されていた樹雨が、はっとしたように乳母君に呼びかけた。

「大丈夫ですか？」

　一度こそ矛先が自分達に向きはしたものの、御息所の怒りはほとんどが乳母君にぶつけられていた。理不尽《りふじん》極まりない数々の暴言にも、乳母君は一言も反論せずに甘んじていた。

「大丈夫です。かようなことは珍しくございませぬから」

　絶句する樹雨に、乳母君は諦観気味《ていかんぎみ》に語った。

「今日のような場合はまだよろしいのですが、たまに宮様がおられるときにとつぜん飛び込んでいらっしゃるので、そのときは急いで宮様を外へお連れするのです。されど一瞬とはいえ母上様のあのような御姿を目になさることがお労《いたわ》しくて……」

その状況を想像するだけで居《い》たたまれなくなった。四歳の子供だから、大人の悪意に満ちた言葉を完全には理解していないかもしれない。しかし生母が取り乱している姿に、不穏《ふおん》なものを感じることはあるはずだ。

たとえ直接目にせずとも、はっきりと耳には入らずとも、朱宮が子供なりに大人の悪意に満ちた世界を感じ取っていたとしたら——それが風癮疹《かざほろし》の遠因になっていることは十分考えられる。

もしそのあたりに要因があるとしたら、ますますどうしようもない。

瑞蓮は途方に暮れて屋根裏を見上げた。

「どうぞお気になさいませぬよう。宮様の御病《おんやまい》はけして乳母君の所為《せい》ではございませぬから」

憔悴《しょうすい》する乳母君を励まそうと、樹雨が語りかける。医学的な見識からすればとうぜんの意見である。

「ええ、分かっておりまする」

乳母君は言った。

「だって私の子供は、まともに育っておりますもの」

瑞蓮は目を見張った。それは喉に蓋《ふた》を押しかぶせたようにくぐもった、非常に陰気な声であった。ぼんやりとしていたら、はっきりと聞き取れなかったかもしれない。しかし樹雨の横顔は、あきらかに硬くなった。

「あ、あの――」

「今日は、これでお暇《いとま》致します」

なにか言いかけた樹雨を、瑞蓮は急いで遮った。

「実は大典侍《おおすけ》に呼ばれておりまして、このあとに参じなければならないのです」

その言葉に乳母君は白々《しらじら》しいほどに驚いた顔で「まあ、ならば急がなくてはなりませぬね」と言った。

「さっき乳母君を追及しようとしたでしょ」

簀子に出るなり、開口一番に瑞蓮は言った。やぶからぼうとも取れるとつぜんの詰問《きつもん》に樹雨は戸惑っていたが、かまわず畳み掛ける。

「聞かなかったふりをしなさい、ああいうときは」

「え？　で、でも……」

頭ごなしに決めつける瑞蓮に、樹雨は不服そうだ。

もちろん瑞蓮とて分かっている。樹雨には乳母君を責めるつもりはなく、単純に信じられない気持ちから、自分が聞いた言葉を確認しようとしただけだったのだろう。しかし乳母君は、自分の発言を無かったものにしたがっていた。別れ際《ぎわ》の白々しい反応を見れば、それは明白だった。

「あれは乳母君の立場では、必要な鬱憤《うっぷん》晴らしなのよ」

「……」

ぽろりと出た悪意が、鬱屈《うっくつ》した彼女の思いを爆発させないためのものであるのなら、それは見てみぬふりをしてやるべきなのだ。

「そもそも宮様の病を根治できない私達が、彼女達を責める権利はないからね」

彼女達という言葉に、樹雨は意外な顔をした。さもありなん。乳母君はともかく御息所の態度には、いくら人が良い樹雨でも反発しただろう。だというのにあきらかに樹雨より短気な瑞蓮からそんな言葉が出たのだから。

樹雨は瑞蓮の翡翠《ひすい》色の眸を不思議そうに見詰めた。それはまるで深い沼底にあるものをなんとかして探ろうとでもするかのような眼差しだった。

しばらくそうしたあと、樹雨は肩を落とした。

「駄目ですね、私は」

「？」

「人の心の機微《きび》が分かっていない」

「……そんなものは、世間に揉《も》まれていったら嫌《いや》でも身につくわよ」

素《そ》っ気《け》無く瑞蓮が言うと、樹雨は苦笑した。

渡殿から宣耀殿に上がって簀子を進んでいると、ふたたび樹雨が口を開いた。

「実は御息所から怒鳴られたとき、瑞蓮さんが怒るんじゃないかと思ってひやひやしていました」

まさか、と瑞蓮は笑った。

「いくらなんでも帝の妃を怒鳴りつけるほど、恐れ知らずじゃないわよ」

「御息所は妃ではありませんよ。ですから典薬寮も陰陽寮も真言院も、みな彼女の要請を軽《かろ》んじているのです」

急に声音《こわね》を変えた樹雨に、やはりそういうことかと瑞蓮はため息をついた。

御息所自身もうっすらとそれを感じているから、かえってああいう高圧的な物言いになるのだろう。

「なるほど。それで今年医官になったばかりのあなたが、一人で宮様を任されているわけね」

瑞蓮の指摘に、樹雨は気まずげな顔をした。図星《ずぼし》だったとみえる。

おそらく朱宮の治療方針を上の者に相談をしても、適当でよいとはぐらかされてしまうのだろう。でなければ典薬寮所属の医官が、通りすがりにも近い民間医の瑞蓮になど頼るはずがないのだ。陰陽寮の対応も似たようなものなのだろう。昨日の官吏達とのやりとりだけで簡単に想像できる。

「真言院の阿闍梨《あざり》も、大元師法《たいげんしのほう》（王権のための秘法）を施行《しこう》してほしいという度重《たびかさ》なる御息所の懇願《こんがん》をのらりくらりとかわしている有様で……」

悔しげに唇をかむ樹雨に、瑞蓮は先程目にした御息所のふるまいを思いだした。感情のまま喚き散らし、人を攻撃することで自分の正当性を保《たも》とうとするなどとうてい受け入れがたい。されどそこまで追いつめられた、御息所のぎりぎりの精神状態は理解できる。

そもそも瑞蓮は、朱宮の皮膚を診るという約束で参内《さんだい》した。にもかかわらず病を根治させよと喚く御息所に反論しなかったのは、相手の身分や立場に対する配慮は多少あるが、なによりも彼女に対する哀れみが憤りより強かったからである。

加えて申しわけなさもあった。朱宮の手足の萎《な》えにかんしては、いまの医術の及ぶ範囲ではない。それは瑞蓮のせいではないが、薬師としてなにも感じぬわけにはいかなかった。

「人の手に負えないものは、祈禱や祓《はらえ》にすがるしかないものね」

ぼそりと瑞蓮が漏らした言葉に、樹雨はなんとも複雑な表情を浮かべる。

「瑞蓮さんは、祈禱や祓を信じているのですか？」

「いいえ、まったく」

あっさりと答えた瑞蓮に、樹雨はやっぱりという顔をする。その表情に瑞蓮はくすっと笑った。

「でも、人間が万能と信じるほど傲慢《ごうまん》でもないわよ」

医術では手の施《ほどこ》しようのない患者が、験者《げんざ》に頼ることで少しでもその心が救われるのなら、それは無視できないことにちがいない。

樹雨は軽く横面《よこつら》を叩かれたように目をぱちくりさせた。そのまま瞬《まばた》きもせずまじまじと瑞蓮を見つめたあと、彼はふたたび肩を落とした。

「無力ですよね、ほんと」

樹雨のその言葉に、瑞蓮は応じることができなかった。

朱宮のような根治できぬ患者に薬師がなにをできるのか、あるいはなにをするべきなのか？　そもそもなにかする必要があるのか？　突き詰めて考えると虚《むな》しさと無力感に襲《おそ》われる。そんな薬師達に対し、患者がなにを求めているのか——それらの答えを瑞蓮は未だ明確な言葉にすることができなかったからだ。

ならば無力だと言った樹雨もまた、同じ屈託を抱《いだ》いているのだろうか。

——いや、ちがう。

瑞蓮は思いなおした。樹雨は自分の無力を嘆きこそしたが、朱宮への治療そのものに対する疑問や不満は一言も口にしていない。人間が万能ではなく無力であることも承知したうえで、それでも真摯《しんし》に根治できぬ病にむきあっている。朱宮のような不治の病を抱えた患者になにかする必要があるのか？ などと微塵《みじん》も思ったことはないのだろう。

それは単純に、樹雨の若さと経験の浅さからくるものなのだろうか。ならばいずれは彼も瑞蓮のように割り切ることを覚え、そして十年も経《た》てば他の典薬寮の医官のように、診る価値のない者として朱宮を見捨てるようになってしまうのか。

そこまで考えて、ふと瑞蓮は思いなおす。

むしろ典薬寮の医官達の姿は、五年後の自分の姿ではないのだろうか。

「あ、そっちじゃないですよ」

そう言って軽く腕をつかまれた。物思いからとつぜん引き戻された瑞蓮は、はっとして足を止める。

「すみません、驚きましたか？　でもそっちじゃないです」

瑞蓮の腕をつかんだまま樹雨は言った。瑞蓮はかみしめるように彼の言葉を繰り返した。

「……そっちじゃない？」

「はい、宣耀殿は」

瑞蓮は先方を見た。簀子の先には別の渡殿があり、左折も右折もできるようになっていた。

緊張と安堵。異なる二つの感情が混ざり合い、胸がざわつく。このまま進んでいたら自分は道を違《たが》えていたかもしれない。

深く息を吐き、呼吸を整える。

「ありがとう。間違えるところだったわ」

「そんな大袈裟《おおげさ》なことじゃないですよ」

しみじみと告げた瑞蓮に、樹雨は思いっきり破顔《はがん》した。

第三話

膳に難あり、女禍《じょか》の卦《け》

「梨壺《なしつぼ》の女房殿《にようぼう》を、私共が？」

聞き違いかという顔をする樹雨《きう》に、大典侍《おおすけ》は金銀泥《きんぎんでい》をふんだんに散らした派手な檜扇《ひおうぎ》を揺らしながらうなずいた。御簾《みす》を下《お》ろしていてもきらきらしいのが分かるのだから、直《じか》に見たなら目も眩《くら》むほどの品にちがいない。

「さようじゃ。その者はひと月ほど前から身体《からだ》の不調を訴えて治療を受けておるのじゃが、とんと改善の兆《きざ》しがみえぬ。かといって祈禱《きとう》や祓《はらえ》もいっこうに功を奏さぬので、みな途方にくれておるのじゃ」

「それは伊勢局《いせのつぼね》のことですか？」

樹雨が口にした名に、大典侍は檜扇を揺らす手を止めた。

「存じておったか？」

「はい。典薬寮《てんやくりよう》でも話題になっておりましたので」

ならば伊勢局という人は、朱宮《あけのみや》よりは尊重されているのだろう。梨壺というのなら女御《にようご》付きの者である。たとえ一介の女房であっても左大臣家縁《ゆかり》の者なら、存在を隠蔽《いんぺい》されている皇子《みこ》よりは重んじるというわけか。などと皮肉っぽく考える瑞《すい》蓮《れん》の横で、樹雨は伊勢局にかんする話をつづけていた。

「症状と年齢から考えて、当帰《とうき》や芍薬《しやくやく》などを調合してみましたが改善する兆しはなく、別の処方を試してみましたがやはり反応は芳しくなかったとのことで、担当の医官も途方にくれております」

当帰も芍薬も生薬《しょうやく》の名前で、特に婦人病に効果をもたらす。しかし人間には証《しょう》と呼ばれる個々の体質のちがいがあり、同じ薬でもまったくちがう作用を及ぼすことがある。ゆえにその見極《みきわ》めこそ、薬師の技量が問われるのである。これはと思う治療が効果を為《な》さない場合、この証立《しょうた》てが間違っていることが多い。

それにしても祈禱や祓を頼んだうえで典薬寮にも依頼がくるとは。いったい宮中というこの場所で、医術と呪術《じゅじゅつ》はどのような立ち位置に置かれているものなのかとあらためて瑞蓮は考えさせられた。

病《やまい》を得た場合にどちらを求めるか、あるいはどちらを優先させるかは通常患者の選択に任《まか》されている。市井《しせい》において圧倒的に呪術を選ぶ者が多いのは、彼らに高い薬を買う金がないからだ。

けれど宮中にかかわる者達はちがう。彼らは具合が悪ければ、いつでも典薬寮の医官に診《み》てもらうことができる。もちろん担当するのは、帝《みかど》を診察する侍医《じい》とはちがいずっと格下の医官ではあるだろうけれど。

その典薬寮と同じように、宮中には陰陽寮《おんみょうりょう》も官衙《かんが》として存在する。加持《かじ》を行う組織として真言院《しんごんいん》もある。いくつかの選択肢がある中で、御所《ごしょ》の患者達がなにを根拠になにを選択しているのか瑞蓮には見当がつかない。ましてや二つの寮がたがいに相手のことをどう思っているのかなど想像すらできなかった。

「そこでじゃ、安《あん》瑞蓮」

とつぜん名を呼ばれ、瑞蓮は物思いから立ち返った。樹雨と大典侍が話をしているうちにすっかり関心が逸《そ》れてしまっていたが、もともと彼女に呼び出されていたのは自分のほうだった。

「はい」

「伊勢局の状態を案じた女御様が、ぜひともそなたの手を借りたいと仰《おお》せなのじゃ」

驚くには値《あたい》しない依頼だった。この展開で薬師である自分への要求などそれしかない。ただ単純に解《げ》せない点がある。

「なにゆえ梨壺の女房のお世話を、帝の女房である大典侍が？」

御所で働く女房の所属は二ヶ所ある。

ひとつは妃《きさき》に仕《つか》える者達で、こちらは妃の実家が準備した私的な存在だ。

もうひとつは帝に仕える内裏《だいり》女房。こちらは公的存在の後宮職員《こうきゅうしきいん》。言うなれば女性の官吏《かんり》である。

伊勢局は前者で大典侍は後者になるから、薬師を斡旋《あっせん》してやるほどの接点があるとは思えない。

この瑞蓮の疑問に大典侍はざっくばらんに答えた。

「ああ、それは私から申し出たのじゃ」

「私のことを大典侍が、伊勢局にお勧《すす》めになられたのですか？」

「そうではない。評判をお聞きになられた女御は直接そなたをお呼びになろうとなされたのだが、私が仲介役を引き受けたのじゃ」

「なぜ大典侍がそのよ――」

「御息所《みやすどころ》の御気色《みけしき》を慮《おもんぱか》ってのことですか？」

瑞蓮の問いを遮《さえぎ》り、樹雨が言った。

はたして御簾むこうで、大典侍はうなずいた。

「さようじゃ。桐壺《きりつぼ》に出入りをしているそなたに梨壺の御方《おかた》が声をかけたなどと御息所に知られてはややこしいことになる。ゆえに伊勢殿をこちらの宣耀殿《せんようでん》でお引き受けして、内裏の女房を診てもらうという形を取ったのじゃ」

「別に私は桐壺御息所に仕えているわけではございませんが」

少しむっとして瑞蓮は言った。自分が誰を診察しようと、誰にも気を使う必要はない。そもそも梨壺女御は桐壺御息所よりずっと上の身分にあるのに、なにゆえそのように気を回すのかも分からない。

不遜《ふそん》な物言《ものい》いに動じたのか、樹雨があわてて瑞蓮の袖《そで》を引く。しかし大典侍は鷹揚《おうよう》なものであった。

「さようなことは承知しておる。されど少し小手先《こてさき》をいじれば穏便《おんびん》に済むことであれば、なにもその手間を惜《お》しむ必要はあるまい」

笑いさえ交《まじ》えて告げられた意見は、まさしく正論で瑞蓮は黙《だま》るしかなかった。

梨壺と桐壺の関係が芳しくないことは、袴着《はかまぎ》発言ですでに明白だった。古今東西後宮《ここんとうざいこうきゅう》ではよくある話だが、妃ではない大典侍はその争いにかかわらずにいることもできるはずだった。しかし彼女はそうしなかった。騒動を起こさないために〝小手先をいじる〟手間を惜しまなかった。

言い負かされたにもかかわらず、瑞蓮はこの派手好きで明るい上臈《じょうろう》に好感を持った。御息所を軽《かろ》んじて朱宮を粗略に扱う典薬寮や陰陽寮の官吏達よりは、少なくとも人としてずっと上等だと思ったからだ。

瑞蓮は小さくうなずいた。御簾を隔《へだ》てた大典侍にそれが分かったかどうかは不明だが、彼女は変わらぬ調子でつづけた。

「それでも御息所がそなたになにか申されるようであれば、そのときは私が責を負う。どうじゃ、引き受けてくれぬか？」

「伊勢局がそれをお望みであれば」

大典侍は、あっははと磊落《らいらく》に笑った。

「もちろんじゃ。伊勢殿は一刻もはやく快癒《かいゆ》し、もとのように女御にお仕えしたいと望んでおる」

宣耀殿の母屋《もや》の一角に、伊勢局の病床は設《しつら》えられていた。彼女の女房としての格は分からぬが、母屋に居住させているのならそれなりの身分なのだろう。あるいは病人に対して、大典侍が気を使ってやったのかもしれない。

廂《ひさし》との間に御簾を下ろして三方を几帳《きちょう》と衝立《ついたて》で囲った空間は、壁という仕切りがほとんど存在しない寝殿造りの中で、周りの視線を気にせずに療養ができる場所となっていた。

その御簾を巻き上げて、瑞蓮は下長押《したなげし》に腰を下ろした。

伊勢局は大典侍より少し若いぐらいの、中年の女房であった。年齢のわりに豊かで黒々とした髪の持ち主だが、顔色はくすんでいて活気に乏《とぼ》しい。紫縁《むらさきべり》の畳《たたみ》の寝床から起き上がった姿はさほど重症には見えなかったが、とにかく身体がだるく、少し動くと息切れがするのだという。

（この年代の女性には多い話だけど……）

博多《はかた》の唐物商《からものしょう》の奥方が、似たような症状だった。人により症状は様々だが、とかく閉経が間近な年代の女性は身体の不調を起こしやすい。それに対して当帰や芍薬を使った薬を処方《しょほう》したという典薬寮の判断は間違っていない。樹雨が手に入れてくれた前任者の処方箋《せん》を眺《なが》め、瑞蓮はあらためて尋《たず》ねた。

「これらの処方では、あまり改善はみられなかったのですね」

「はい、申しわけないのですが……」

遠慮がちに伊勢局は言った。あらかじめ話を聞いていたとみえ、彼女は瑞蓮の特異な外見に特に驚いた様子を見せなかった。

ひとまず瑞蓮は問診をはじめることにする。

「月のもの（月経）は順調ですか？」

「倦怠感《けんたいかん》で寝込むようなことはありますか？」

いくつかの問いのあと食欲の有無を訊《き》くと、伊勢局は恥ずかしそうに答えた。

「ありませぬ。以前は周りが呆《あき》れるほど大食漢で、特に姫飯《ひめいい》（炊飯した白米）が大好きでかならず二膳はいただいていたぐらいなのですが……」

目の前の虚弱《きょじゃく》げな女人《にょにん》からは、そんなさまはとても想像ができなかった。この年代の女性でそこまで食欲が旺盛なのはかえって珍《めずら》しい。こうなる以前はよほど健康な人だったのかもしれない。

ひととおりの問診を済ませ、脈と舌《した》、腹部の具合を診察する。

「この処方自体は間違っているとは思えないですね」

伊勢局には聞こえないよう、声をひそめて樹雨は言った。

処方を見れば、担当の医官がどんな証立てをしたのかは見当がつく。そしてその診立ては瑞蓮も同じものであった。

しかしそれが効《き》かないとなれば、やはり証立てが間違っているのか、あるいは女《じょ》子胞《しほう》（女性の内性器）以外に病の原因があるのかのどちらかなのだろう。もちろん精神的な不安もその要素になりうる。

「念のための確認ですが」

瑞蓮は切り出した。

「人とのお付き合いや、お勤めの上での煩《わずら》い事がございませんか？」

伊勢局は小首《こくび》を傾《かし》げるようにして苦笑した。あるいは同じようなことを前任者にも訊かれていたのかもしれない。

「それなりにはございますが、気に病《や》むというほどではございません」

「ご家族や親しくしているどなたかが、最近亡くなられたというようなことは？」

「一昨年《おととし》夫を亡くしました。喪《も》が明けて、今年から宮仕えを再開いたしたところでございます」

比較的淡々と伊勢局は答えた。親しい人との死別がきっかけで臥《ふ》してしまう例は多々あるが、伊勢局の反応からするとそれが理由とも思えなかった。そもそも人であれば誰でもかならず死別を経験する。だからといってすべての人が病に臥してしまうわけではない。

なにより病の要因を精神的なものにのみ求めてしまうのは、薬師としてあまりにも危険なことだった。病の理由を患者個人の責任にしているのだから、物《もの》の怪《け》や呪《のろ》いのせいにするよりも性質《たち》が悪い。だからこそ朱宮の風瘙疹《かざほろし》の原因も模索しているのだ。

（いったん持ち帰って検討するしかないわね）

自分に言い聞かせ、瑞蓮は症状を書きつけた紙を懐《ふところ》にしまい込んだ。

「詳《くわ》しくは後日にまたお話しいたします。今日は最後に鍼《はり》をうってみましょう。倦怠感や疲労回復に少しは効果があるかもしれません」

これで終わらせるのもあんまりだと思って提案すると、暗かった伊勢局の表情が少し晴れやかになった。病因が分からぬ以上はあくまでも対症療法だが、患者の苦痛が軽減するのならそれだけで価値はあるのだと言い聞かせた。

内裏を出てしばらく官衙を歩いていると、少し先に男が一人立っていることに気がついた。樹雨と同じような緑色の官服を着て、まるで迎えうつようにこちらを見ている。

「石上《いそかみ》医官」

樹雨の呼びかけには、驚きと警戒を交えたような響《ひび》きがあった。

石上医官と呼ばれた男は、大股《おおまた》でこちらに歩み寄ってきた。年の頃は三十半《なか》ばというところか。医官よりも武官のほうがふさわしいような大柄で堂々とした体軀《たいく》の持ち主だった。

男は瑞蓮をちらりと見たものの、すぐに樹雨に視線を戻す。無視されたようで感じは悪かったが、知り合いではないので腹をたてるほどのことでもない。

「伊勢局はいかがであったか？」

どこかふて腐《くさ》れ気味に男は問うた。

樹雨は虚《きょ》をつかれたような顔になり、一拍《いっぱく》おいてから瑞蓮のほうを見る。そんな目で見られても、名指しで訊かれないかぎり瑞蓮に答える義務はない。そういう彼女の性質をもはや承知していたのか、遠慮がちに樹雨は言った。

「私より、こちらの安殿にお尋ねになられたほうが……」

男は露骨《ろこつ》に顔をしかめた。そのあともちらちらと気まずげな眼差《まなざ》しを瑞蓮にむけていたが、それでも瑞蓮が無視を決めていると、ついに観念したかのように口を開いた。

「私は典薬寮の医官で石上崇高《むねたか》と申す。梨壺女御のご依頼を受け、伊勢局に薬を処方していた者じゃ。ゆえにそなたの所見をうかがいたく、ここで待っておった」

そんなところだろうと思った。

瑞蓮は男を一瞥《いちべつ》した。三十半ばぐらいかと思っていたが、間近で見るともう少し若そうだ。三十歳前後といったところか。黒々とした髪と眉《まゆ》。いかついと凜々《りり》しいの中間といった印象の青年だった。

「いかがであろうか？　そなたはどのように診立てられた？」

「和気《わけ》医官から預かった処方があなたが立てたものであれば、私も同じ診立てになります」

瑞蓮の答えに崇高は表情に安堵《あんど》の色を浮かべたが、次の一言でそれはすぐに強張《こわば》った。

「されど現実にそれでは効果がありませんでした」

「……」

「それゆえなにかを見誤っているのか、あるいは見落としているのでしょう」

崇高は下唇《したくちびる》を突き出し、苦々《にがにが》しい顔で言った。

「しかし私が診たかぎりでは、そんな所見はなかった」

「私も同じです。ゆえになにか知見がないか、典薬寮の文献を調べにむかうところです」

「そ、そうです。いまからご案内しようと」

ここまで黙っていた樹雨が、補足するように説明をする。すると崇高は「典薬寮の文献？」と険《けん》のある声で言った。

のだ。

気病みとは、心配から起こる病気のこと。要するに精神的な問題だと言っている

った。こうなると、あとは気病《きや》みとしか考えられぬ」

「それなら私も、内容を諳《そら》んじてまうほど調べた。しかしどの治療も功を奏さなか

かちんとして瑞蓮は返した。

「なぜですか？」

「無駄なことだ」

「局殿は一昨年、夫君を亡くされたと聞いた。女人にとって夫に先立たれることはなにによりの哀《かな》しみであるはず。一年やそこらでは立ち直れるものではなかろう。まことあはれなことだ」

最後のほうは酔いしれたように、しみじみと崇高は語った。

瑞蓮は白《しら》けた気持ちで、その言い分を聞いていた。唐坊《とうぼう》や博多商人の後家《ごけ》達は、夫を亡くした直後こそ落ちこんではいたが、そのあとはむしろ以前よりいきいきと立ち働いていた。もちろん商売をしていて経済的に心配がないことが要因としては大きいのだろうけれど。

「それでなくとも人は、壮年を過ぎるとやたらと愁訴《しゅうそ》が多くなる。特に女はそれ

が顕著《けんちょ》であるからな」

崇高のしたり顔に、瑞蓮の気持ちは完全に冷えた。結局自分の診立てが間違っていないと、私に同調してもらいたいだけではないか。

なんだこいつは。

「なればその可能性も含めて調べてみましょう。気病みであれば安神剤《あんしんざい》（精神を安定させる処方）として酸棗仁《さんそうにん》などを中心に調合するのがよいかもしれません。現状では柴胡《さいこ》よりは適応でしょう。ご教示に感謝いたします」

あからさまに心のこもらぬ物言いに、崇高の顔色が変わった。無視して瑞蓮は歩きはじめる。樹雨がなにやら崇高をなだめていたが、気付かないふりをして歩を進めた。樹雨が同行してくれなければ瑞蓮は典薬寮には入れないのだけど、門の前で待っていればよいことだ。

ほどなくして樹雨が追いついた。よほど急いできたのか、立ち止まるなり肩で息をした。

「石上医官は、優秀な方です」

開口一番に同僚をかばうあたりが、樹雨らしいと思った。

「でしょうね」

あっさりと瑞蓮は言った。少なくとも最初の二回の処方は、崇高なりに真摯《しんし》であったはずだ。だがそれが功を奏さなければ、治療は手詰まりとなる。結果気の病としてしまうのは、ある意味必然だったのだろう。

「あれで効かないのなら、そりゃ匙《さじ》を投げたくもなるわよね」

崇高に対しての同情的な言葉が意外だったのか、樹雨は目を瞬《またた》かせた。

医業を生業《なりわい》にしていれば、匙を投げたいと思ったことは誰とてあるはずだ。なぜなら世の中は、治る病より治らない病のほうが圧倒的に多いのだから。臓腑《ぞうふ》の中にできた腫物《しゆもつ》など、華佗《かだ》（中国の伝説的な名医）であっても治せるかどうか怪《あや》しい。なれば薬師が患者の精神的な面に病の原因を求めてしまうのは、無力感におしつぶされずに自分を守るための手段なのかもしれない。

ゆえに分からぬでもないのだ、崇高の屈託《くつたく》は。

そして医術がその程度であれば、患者が呪術に頼るのはとうぜんの帰結なのだろうと自嘲《じちようてき》的に思いもする。

とはいえ瑞蓮にとってはまだ初日である。今日うった鍼の効果も分かっていない状況で匙を投げるのは早すぎる。治せない病のほうが多いからこそ、なにが効果があるのか医術は常に手探りの段階なのだ。

「でも、まだ検討する余地はあるわ」

あたかも自分に言い聞かせるように、瑞蓮は言った。


朱宮がまたもや風癮疹《かざほろし》の発作《ほっさ》を起こしたことを知ったのは翌日のことだった。筑前守《ちくぜんのかみ》の邸《やしき》を出て、昼過ぎに典薬寮の前で樹雨と落ちあって二人で桐壺の北舎を訪れた直後に聞かされた。

茅子《かやこ》の症状はすでに改善していたが、御所に出入りをしているという現状から樹雨が北の方に瑞蓮の滞在を交渉した。娘の治療に恩義を感じていた北の方は快《こころよ》くそれを承諾してくれたのだった。

「夜更《よふ》け過ぎのことでした。全身にあっという間に発疹《ほっしん》が広がって、半刻《はんとき》（約一時間）ほどで治まりましたが、和気医官から出していただいたばかりの痒《かゆ》み止めの薬は全部使ってしまいました」

ほとんど寝ていないのだろう。乳母君《めのとぎみ》の目の下にはくっきりとしたクマが表れていた。

「そちらはまた調合しますから、ご心配なく」

そう応じて樹雨は御帳台《みちょうだい》のほうに目をむける。

「朱宮様は、お休みですか？」

「はい。昨晩よくお眠りになられなかったものですから、ぐっすりとお昼寝しておられます」

「ならば、いまはお元気なのですね」

樹雨の問いに乳母君はこくりとうなずいた。

「寝不足で、今朝《けさ》は御気色《みけしき》が多少悪うございましたが」

「なれどいまは健《すこ》やかにお休みになられておられるのなら、風瘙疹《かざほろし》の症状はでていないということでしょう」

慰《なぐさ》めるように樹雨が言った。その件にかんしては瑞蓮も安心したが、だからといって不安が解消されたわけではない。しかも今回の発作は、前回に比べてあきらかに時間が長い。四半刻《しはんとき》から半刻というのだから倍になっている。

「いったい、なにが原因なのかしら……」

途方にくれて吐露《とろ》した瑞蓮に、奥に控えていた百合女《ゆりめ》が素早く反応した。

「御息所《みやすどころ》様に決まっています」

瑞蓮と樹雨はぎょっとして目を見張る。

「百合女！」

乳母君はあわてて侍女《じじょ》を咎《とが》めようとしたが、百合女は収まらない。

「だってそうじゃないですか。宮様が発作を起こされるのは、きまって御息所様が奥様に八つ当たりをなされたあとです」

瑞蓮は息を呑んだ。乳母君は声を大きくする。

「お黙りなさい。宮様は御息所様のお姿をご覧になっておられません。昨日とて御息所様がお出《い》でになられる前に、そなたに連れていかせたではありませぬか」

「そんなことをしたって気配《けはい》で分かりますよ。それにあれだけ喚《わめ》き散らしておいでなのですから殿舎《でんしゃ》中に響きますもの。実の母親のあんな姿を目にしたら、子供は誰だって衝撃《しょうげき》を受けます」

瑞蓮と樹雨は顔を見合わせた。百合女がどの程度、医術的な知識を持っていまの発言をしたのかは分からない。しかし風癮眕の一因として精神的な負担があることは紛《まぎ》れもない事実だ。そして百合女の証言が本当なら、朱宮の発作の要因である可能性は高い。

「乳母君」

重々しい口調《くちょう》で瑞蓮は呼びかけた。乳母はぎくりとしたように顔をむけた。

「いまの話はまことですか？　宮様の発作は、御息所様がご乱心なされたときに起こるのですか？」

乳母君の眸《ひとみ》におびえたような色が浮かんだ。しばしの間をおき、やがて彼女は項《うな》垂《だ》れるように首肯《しゅこう》した。


朱宮が目覚《めざ》めるのを待つ間、瑞蓮は伊勢局を診るために一人で宣耀殿にむかった。昨日こそ樹雨が案内を請け負ったが、もともとは瑞蓮一人が頼まれたことである。

北舎から宣耀殿に行くには、構造上どうしても桐壺を通らなければならない。庭を突き抜ければよいのだが、重い胡靴《こぐつ》を脱ぎ履《は》きするのは面倒だった。

桐壺の簀子《すのこ》を通るときは、昨日の御息所の癇癪《かんしゃく》を思いだして緊張する。初見から癇性《かんしょう》な印象はあったが、それでもあそこまでひどいとは思わなかった。

（やっぱり、そうなのかな？）

百合女が言ったように、朱宮の風癘疹《かざほろし》は御息所の所為《せい》なのだろうか。だとしたら環境を変えることは困難で、治癒の見通しは暗い。その一方で食物や虫刺されが原因ではないというのなら、最悪生命《いのち》にかかわるほどの重篤《じゆうとく》な状態にはならないだろうから、それだけは安心できるという皮肉な現実もある。

ふうっと息を吐《は》き、瑞蓮は渡殿《わたどの》の先に建つ宣耀殿を見た。

伊勢局の治療もいまだ糸口がつかめない。

八方塞《はっぽうふさ》がりを自覚すると、嫌《いや》でも昨日の石上医官の言葉がよみがえる。

――やたらと愁訴が多くなる。特に女はそれが顕著であるからな。

個を見ずに、女という括《くく》りで十把一絡《じっぱひとから》げに決めつけてしまう言いようにはもちろん腹が立つ。けれど苦心しながら探り当てた治療方針がことごとく跳《は》ね返されたときの薬師の焦《あせ》りと、つい患者に責任転嫁《てんか》してしまいたくなる気持ちは分からないでもない。

実際のところ瑞蓮も、石上医官と同じ診立てしか出せずに行き詰まっていた。

「やっぱり、気の病なのかな？」

絶対に口にすまいと自重《じちょう》していた言葉がぽろりと零《こぼ》れ、瑞蓮はあわてる。

昨日石上医官にあれだけ強気に出たくせに、なんというていたらくか。おのれを戒《いまし》めるようにぴしゃりと頰《ほお》を叩《たた》くと、自分が思っていたよりもずっと力が入って、皮膚《ひふ》がじんっとなった。

気を取り直して渡殿に上がったとき、宣耀殿のほうから一人の若い男が歩いてきていることに気付いた。縹色《はなだいろ》の官服を着た青年に、瑞蓮は見覚えがあった。参内《さんだい》した初日にからまれた陰陽寮の官吏の中で、一人だけ印象がちがったあの痩身《そうしん》の若者だった。

かたや青年も瑞蓮の姿を目にとめ、自分のほうから話しかけてきた。

「おや、あなた様は」

会話もしたことがない相手に対して、不自然なほど親し気な口ぶりだった。様をつけられるほどの身分ではないなどと思いつつも会釈《えしゃく》だけはする。嫌味なくせに腰抜けな陰陽寮の連中の中で、この青年だけは悪い印象がなかったからだ。

「伊勢局のところに参られるのですか？」

「なぜ、それを？」

青年の問いに瑞蓮ははじめて口を開いた。青年は首がもげるほど大袈裟《おおげさ》にうなずいた。縹色という低位の官服を着ているにもかかわらず妙な存在感がある。それは威厳《いげん》や貫禄《かんろく》とかの類《たぐい》ではなく、畏《おそ》れ知らずの子供の大胆さに近かった。

「私もいましがた、伊勢局に護符《ごふ》をお届けに上がったところなのです」

「ああ」

あまり関心もないので、瑞蓮は適当に相槌《あいづち》をうった。陰陽師に祓《はらえ》を頼んだ伊勢局が、世間話のついでに瑞蓮の話題を出したところで不思議ではない。

「やはり陰陽師の方だったのですね」

「いえ、私はまだ学生です。こちらにおうかがいしたのは、先輩に命ぜられてのことです」

典薬寮と同じく、陰陽寮にも学生を育てる組織がある。要するに彼は陰陽師見習いという立場で、先輩からお使いをさせられたというわけだ。

「ここでお会いできてよかったです」

青年の言葉に瑞蓮は怪訝《けげん》な顔をする。いったいどういう意味なのか。ひょっとして先日の件で、なにか報復でもするつもりなのだろうか。

瑞蓮はあたりの気配をうかがった。よもやどこかにあの黒子《ほくろ》の男達がひそんでいやしないか。いくらなんでも内裏のど真ん中で狼藉《ろうぜき》を働くような真似《まね》はしないと思うのだが。

「実は女医殿に、ぜひとも聞いていただきたいことがあるのです」

予想外の要求に瑞蓮は目をぱちくりさせる。見ると青年は眸を輝かせて頬を上気させている。わくわくを抑《おさ》えきれないでいるのがはっきりと伝わる。まるで水母《くらげ》の骨を見つけて興奮する子供のようだった。

「私に聞いてほしいこと？」

「はい！」

青年は大きく首肯した。

「実は御所にかんして〝膳に難あり〟という卦《け》が出たのです。これは是非《ぜひ》ともお伝えせねばと考えたのですが、いかんせん先輩には内緒でこっそりと占《うらな》っていたものですから、どなたに申しあげたものかと考えあぐねておりました。ですからここで女医殿にお会いできたのはまことに幸運でした。いましがた伊勢局から、担当が石上医官からあなた様に変わったのだと聞かされてきたばかりだったのですよ」

興奮して青年はまくしたてるが、なにが言いたいのか瑞蓮はまったく分からなかった。

（そもそも先輩に内緒でこっそりと占うってなによ？）

学生の身分で先輩を差し置いてという意味なのか？　確かにあの連中の陰湿な態度を考えれば、後輩、まして学生の進言など素直に受け止めはしないだろう。

だからといってそれを瑞蓮に訴えるのも、お門違《かどちが》いである。なにしろ呪術や占いの類は一切《いっさい》信じていない人間なのだから。

困惑する瑞蓮にかまわず、青年は喋喋呶呶《ちょうちょうどうどう》語りつづける。

「担当もしていないのに、なぜそんなことをと思いますか？　実は私、卜占《ぼくせん》が大好きなのです。なれど没頭しすぎるゆえに、よく師に注意されるのです。お前は天文《てんもん》生《しょう》なのだから、まず星を見ることを覚えろと。さりながら私は天文を見ることもきちんと学んでおります。お疑いでしたら今年の吉凶《きっきょう》の日をすべて述べてみせましょう。種まきでも御髪《おぐし》洗いでも縁談でも、その月の吉日をあげてみせますよ」

疑ってはいないし興味もない。髪は洗いたいときに洗うし、種まきは農民ではないので関係ない。そもそもそれは星を見る能力は関係なく、具注暦《ぐちゅうれき》（平安時代に用いられた暦本）を見れば済む話ではないか。一年の暦の内容を完全に諳《そら》んじているというのなら、それはそれですごい能力だが。

「ええと、確か来月の爪切《つめき》りに良い日は——」

「待って、分かったから」

　この勢いでは日暮れまで喋《しゃべ》りつづけかねない。そう懸念《けねん》した瑞蓮は、ひとまず青年の語りを阻《はば》んだ。

「言いたいことは分かりました。ですが〝膳に難あり〟という卦が分かっているのなら、あなた達が祓《はら》ってあげればよいではないですか」

青年は善意で言っているのかもしれないが、占いを信じない瑞蓮にそんな提言はなんの益体《やくたい》もない。思いつきの検証は自分でやってくれといったところだ。

しかし青年は、ひどく意外なことを言われたように返した。

「え、人ができることを呪術に頼る必要がありますか？」

「……」

「医食同源と言うぐらいだから、食膳を調べるのは薬師の仕事なのでしょう」

相手を非難するつもりなど微塵《みじん》もない。純粋な疑問を口にされ、しかもそれが正論であるだけに瑞蓮の思考は一時停止した。

「その……」

もごもごと口を動かし、なにやら弁明の言葉を言おうとする。

そのときだった。

たっぷりと朱墨《しゆぼく》を含ませた筆で刷《は》いたように、それまでなにもなかった思考の中に明確な色が浮かんだ。

（膳？）

そうだ。その可能性があった。唐坊や市井ではほとんど縁がない話なので、すっかり思考から抜け落ちていた。

瑞蓮はひとつ息を吐き、呼吸を整えた。

「ありがとう。もしかしたら治せるかもしれない」

青年はぱっと顔を輝かせた。

「それはなによりです」

そう答えた彼の眸からは、強烈な個性と知性、そして無邪気《むじゃき》な善意がにじみでていた。

瑞蓮はあらためて彼の姿を眺めた。

最初はなかなか不躾《ぶしつけ》な人だと思ったが、こうして話してみるとただの変わり者で悪意はなかったようだ。

瑞蓮は青年に対する警戒を解き、親しみを込めた声で言った。

「結果が出たら知らせます。名前を教えてください」

その求めに、青年は快く名乗った。

「安倍《あべ》天文生、名は晴明《はるあきら》といいます」

「蕎麦粥《そばがゆ》ですか？」

とつぜん宣耀殿に呼び出された樹雨は、瑞蓮の提案に不審の声をあげた。御簾を隔てた先には伊勢局と、枕元には見舞いがてらの大典侍《おおすけ》が座っている。彼女達は瑞蓮と樹雨のやりとりを黙って聞いていた。

「そうよ。それが一番てっとり早い。食べつけてなくて難しいようだったら、羹《あつもの》の具に蕎麦練《ねり》を入れたものでもいいわ」

「いったいなぜ、そんなものを？」

「脚《あし》の気《け》（脚気《かっけ》のこと）よ」

瑞蓮の口から出た病は、それ自体はよく知られているものであった。もちろん御簾内の二人も、名前ぐらいは耳にしたことがあるだろう。手足の痺《しび》れや浮腫《むくみ》、衝《しん》心《しょう》と呼ばれる心臓障害が主たる症状だが、初期のうちはただの倦怠と捉《とら》えられてしまうことが多い。

瑞蓮は御簾内の伊勢局のほうにむきなおった。

「まだ断定はできません。ですが症状から鑑《かんが》みて、脚の気に対する食療を試してみる価値はあると思います」

横合いから樹雨が口を挟《はさ》む。

「待ってください。脚の気だったとして、なぜ蕎麦なのですか？　医学書にある宜《ぎ》食《しょく》は犢肉《こうしにく》に鯉《こい》、それに猪《いのしし》の肉や臓腑でしょう」

「そんなものを、この国の人間が食べられるわけがないでしょ」

教科書通りの樹雨の提案を、瑞蓮は一刀両断に切り捨てた。

百歩譲って猪肉類はともかく、犢肉《こうしにく》などどこに行ったたって手に入らない。そもそもこの国の人間、特に身分がある者は獣肉《じゅうにく》を食べない。牛、馬、猿《さる》、犬、鶏《にわとり》にかんしては、天武《てんむ》帝の時代にはっきりと禁止令が出ているほどだ。

ちなみに脚の気の禁食のひとつに羊肉《ひつじにく》があげられているが、禁じずとも食べる人間はまずいないだろう。医学書が唐土《もろこし》で書かれたものばかりなので、食材の点で日本文化と乖離《かいり》がありすぎるのだ。

「蕎麦が手に入らないなら、玄米《げんまい》でもいいです。これなら厨《くりや》に行けばすぐに手に入るでしょう。博多で試したことがありますが、どちらも脚の気を患《わずら》った方には効果がありました」

「そんな話、都《みやこ》では聞いたことがないですよ」

瑞蓮の説明に、遠慮がちに樹雨が口を挟んだ。医学書をきちんと読んでいる人間ならあたり前の反応だろう。『傷寒論《しょうかんろん》』（後漢《ごかん》の時代の医書）にも『諸病源候論《しょびょうげんこうろん》』（隋《ずい》の時代の医書）にもそんなことは書かれていない。読んだことはないが『大同類《だいどうるい》聚方《じゅほう》』（平安初期に編纂《へんさん》された日本の医学書）にも、多分記されていないだろう。

樹雨の言い分にもっともだというようにうなずいたあと、瑞蓮は「これはあくまでも、私の父の知見なのだけれど」と切り出した。

「唐土で脚の気を患う患者は比較的少ないらしいのよ。だからこの国に来て、発生率が高いことに驚いたそうよ。しかも富裕層ばかりで市井ではあまりみられない」

「そうなのですか？」

樹雨は驚きの声をあげた。唐土の状況はもちろん、典薬寮の医官という樹雨の立場では、日頃診る患者は官人が中心なので市井の状況には詳しくないのだろう。逆に言えば瑞蓮は都の富裕層の状況はよく知らないが、この樹雨の反応では筑前と同じようなものだろう。

「だからはじめは病因として、飽食があるのではないかと考えたらしいの。けれどそれでは唐土との差に説明がつかない。食事の内容にかんしていえば、あっちのほうが断然豊潤《ほうじゅん》だからね。ではと次に唐土と比較をしてみたら、この国の人間は食べる米の量が極端に多い。富裕の人でも、食材の制限が多いから主食に偏《かたよ》って菜《さい》が少ない。要するに粗食ではなく偏食の状況を作っている」

「けどそれなら、市井の食事のほうが菜の数も少なくて、さらに偏食になりうるのではありませんか？」

樹雨が反論した。この場合の偏食は嗜好《しこう》からではなく、貧しくて菜の品数が得られぬゆえの相対的な偏食である。

「そうよ。だからそのうえで父は、富裕の人と市井の人の食事のちがいに着目したの。同じ偏食でもなにがちがうのかって。答えは一目瞭然《いちもくりようぜん》だった。主食が白米か玄米、あるいは陸物《おかもの》（畑でできる穀類。稗《ひえ》、麦、粟《あわ》等）かのちがいよ。脚気を患っている人のほとんどは白米を食べられる裕福な人達だったの。それで試しに患者に玄米を食べさせてみたら、劇的に改善したのよ。そのあとも幾種類かの陸物を試してみて、その中でも蕎麦が特に効果があったと言っていたわ」

途切れることのない瑞蓮の長い説明を、樹雨は最初のうちは半信半疑といった態《てい》で聞いていた。しかし最後のほうでは一言も聞き漏《も》らすまいというような真剣な面《おも》持《も》ちに変わっていた。

市井、しかも地方の唐坊に住む薬師の知見など、官医からすれば胡散臭《うさんくさ》いものでしかないはずだ。だが父が長年の経験により見つけた治療法は、まちがいなく病に苦しむ患者を救ってきた。その事実をこの若い誠実な医官は、深く胸に刻《きざ》んでくれている。

それで十分だ。

このとき瑞蓮は確信した。

和気樹雨はまちがいなく、自分の知見を惜《お》しむことなく患者の治癒《ちゆ》のためにささげられる薬師となるにちがいない。

圧倒的な手応《てごた》えに大きくうなずくと、瑞蓮は今度は御簾内にむかって言った。

「伊勢局。あなたは姫飯《ひめいい》が好きで、一食につき二膳はいただいていたとおっしゃいましたよね」

「え、ええ……」

「失礼ですが、女人でそれだけ飯を食べるのであれば、おそらく菜のほうはなおざりになっていたものと思います」

思い当たる節《ふし》があるのか、少々気恥ずかしい暴露《ばくろ》にも伊勢局は反論しなかった。

大典侍は檜扇を緩《ゆる》く揺らしたあと、伊勢局にむかって言った。

「なれば本日から、玄米粥を出すようにいたそうか。おそらく御所の厨には蕎麦など置いてはいまい」

指摘されてはじめて気がついた。蕎麦の位置づけが以前に樹雨が言ったような窮民食《きゆうみんしよく》なら、御所に備蓄《びちく》しているはずもなかった。それに蕎麦は人によっては

〝あたる〟可能性がある。伊勢局が蕎麦を食べたことがないのなら、その点でも玄米にしたほうが安全だ。

「よろしくお願いします」

そう大典侍に言ったあと、瑞蓮は伊勢局に告げた。

「よしんば効果がなかったとしても、玄米は病状を悪化させる類のものではありません。どうぞ一度試して経過をみてみてください」

玄米粥を食べはじめてから、伊勢局の症状は目に見えて改善した。

幾日もしないうちに床上《とこあ》げとなり、本来の持ち場である梨壺に戻れることになったのだった。

吉凶の問題で戻るのは明日にしたという伊勢局の言い分を、瑞蓮は笑顔で受け流した。

「それにしても、いったいどうして脚の気などと思いついたのですか？」

宣耀殿を出るなり、樹雨が尋ねてきた。伊勢局の治療は瑞蓮一人が請け負ったものだったが、今回の食療に興味津々《しんしん》の樹雨は事あるごとに瑞蓮に同行して伊勢局の経過を観察していたのだ。

「石上医官と論じていたときは、気の病である可能性が高いように言っていたじゃないですか」

「検討の余地があるとは言ったでしょう」

「でも半信半疑でしたよね」

樹雨の指摘に瑞蓮は顔をしかめた。

確かにあの段階では、気の病を疑っていた。朱宮の風瘧疹《かざほろし》と御息所《みやすどころ》の行動のつながりを知った直後では、どうしてもそちらに考えが傾いてしまっていたのだ。

「なのにどうしてとつぜん、脚の気など思いついたのです？」

「新しい出会いがあったのよ」

「はあ？」

言葉を聞いたかぎり、話を逸らしていると受け止められかねない瑞蓮の発言に樹雨は不審げな声をあげる。けれど嘘《うそ》はついていない。安倍という天文生に会わなければ、あの状況では脚の気など思いつかなかった。症状がもっと進めばさすがに気付いただろうが、その間患者の苦痛はつづき、治療もいまよりずっと難儀していたはずだ。一刻でも早く気付くことができて、本当によかった。

「実はね……」

瑞蓮が切り出したときだ。

「女医殿」

呼びかけに顔をむけると、すぐ下の壺庭《つぼにわ》に晴明が立っていた。簀子から手を伸ばせば届くのではないかという距離で、いままでどうやって気配を消していたのかと首を傾げる。

「安倍天文生」

瑞蓮はしゃがみこみ、高欄《こうらん》に手をかけて身を乗り出した。

「ありがとう。あなたのおかげで伊勢局を快癒《かいゆ》に導けました」

そこで一度言葉を切り「私のほうから礼を言いに、足を運ばなければならなかったのだけど」と申しわけなさそうに言った。

「さようなこと」

朗《ほが》らかに晴明は返した。一人取り残された樹雨は、怪訝な面持ちで二人のやりとりを眺めていた。

「どうぞお気になさらず。こちらも女医殿に用向きがあって参ったものですから」

「私に？」

「ええ、お会いできてよかったです」

晴明は頰を紅潮《こうちょう》させた。心の弾《はず》みを抑えきれない子供のような顔だった。

「瑞蓮さん、誰ですか？」

耳打ちをするようにして樹雨が尋ねた。いつのまにか瑞蓮に倣《なら》って簀子に膝《ひざ》をついている。晴明に気を取られるあまり、真横にいる樹雨の存在を失念していた。

「陰陽寮の学生よ。天文学を学んでいるんですって」

「それは先ほど、瑞蓮さんが言っているのを聞きました」

そう言ったときの樹雨の声音《こわね》が、これまでとは明らかにちがった険のあるものだったので瑞蓮は訝《いぶか》し気な顔をした。

「和気医官？」

見ると樹雨は珍しくふて腐れた表情で視線をそらした。訳が分からずにいる瑞蓮の耳に、くすっとした笑い声が響いた。振り返ると高欄の下で晴明が肩を揺らしていた。

「安倍天文生？」

「ああ、こんなことをしている場合ではありませんでした」

瑞蓮の呼びかけに晴明は姿勢を正した。

「実はまたもや不可思議《ふかしぎ》な卦が出たのです。ゆえに女医殿にぜひともお伝えしなくてはと思い、参った次第です」

まるで手柄でも立てたかのように言う晴明に、瑞蓮は少し呆れた。そもそも占ってくれなどと頼んでいないのだが。

しかし恩義のある人間にそんなことも言えず、場を取り持つようなつもりで瑞蓮は訊いた。

「どのような、不可思議な卦が出たのですか？」

「女禍《じょか》の卦です」

「……女禍？」

「瑞蓮さん、なんですかこの方？」

高欄に手を置いたまま唖然《あぜん》とする瑞蓮に、先ほどとはあきらかにちがう口調で樹雨がふたたび問う。

不審に思うのも然《しか》り。一般的に女禍の卦は男性、特に君主などの世の情勢に影響のある者に出る卦だろう。彼らにそんな卦が出たのかどうかは知らないが、殷《いん》の紂王《ちゅうおう》や唐の玄宗《げんそう》は結果的には女禍に見舞われている。

（妲己《だっき》と楊貴妃《ようきひ》を一緒にしたら、いくらなんでも楊貴妃が気の毒か）

そんなどうでもよいことを考えはしたが、恩義のある人間の助言にすげなくするわけにもいかず「ありがとう、気をつけるわ」と無難に返しておく。

そのとき、背後《はいご》で戸が動く音がした。振り返ると妻戸《つまど》が大きく開き、殿舎から檜扇を手にした大典侍が出てきた。

御簾を隔てているときはよく分からなかったが、紫の亀甲地紋《きつこうじもん》に黄金色《こがねいろ》の糸で三盛の大きな亀甲紋を配した唐衣《からぎぬ》という、相変わらずの派手な装《よそお》いだった。化粧も濃い目で、そういうといかにも若作りをしているようだが、髪はちょっと髢《かもじ》を使えば隠せそうな程度の白髪《しらが》なのになにもしないでいる。そうやって考えると実に不思議な人である。

「おお、よかった。まだこちらにいたか」

檜扇を口許《くちもと》で揺らしながら、大典侍は声をあげた。視線はもちろん瑞蓮にむけられている。

「私になにか？」

瑞蓮が問うと、大典侍は「たったいま、梨壺から知らせが参った」と言った。

「梨壺？」

改めて瑞蓮はその名称を口にした。伊勢局の主人、帝の妃である女御が住む殿舎である。桐壺御息所とひと悶着《もんちゃく》があり、彼女を刺激しないためにもあまり近づきたくないと思っていたのだが――。

「梨壺女御様が、伊勢局の件でそなた達と話がしたいと仰せじゃ。私が案内いたす故《ゆえ》、すぐに足を運ぶがよい」

第四話　勤勉も時に因《よ》りけり

はじめて足を入れた梨壺《なしつぼ》の殿舎《でんしゃ》は、目が眩《くら》むほど華やかな場所だった。

屋内は薫物《たきもの》の煙がほんのりとくゆり、几帳《きちょう》の陰や御簾《みす》の下からは、百花繚乱《ひゃっかりょうらん》の春の庭のように色鮮《あざ》やかな衣《きぬ》をまとった女房達《にょうぼう》の美しいかさねが見え隠れしている。

瑞蓮《すいれん》と樹雨《きう》は廂《ひさし》の間に通され、母屋《もや》に向きあうようにして座った。

広い廂を仕切る几帳の帷《とばり》は、朽木《くちき》形の紋様《もんよう》が描かれた練絹《ねりぎぬ》。衝立《ついたて》に描かれた花鳥は牡丹《ぼたん》と鶴《つる》の唐絵《からえ》で、薄紅《うすべに》の柔《やわ》らかげな花弁は芯《しん》は白く裾《すそ》に広がるにつけ紅《べに》色が濃さを増し、まるで裾濃《すそご》（染色の方法の一種）のように精緻《せいち》に描かれている。

（桐壺《きりつぼ》とは格がちがう……）

そんなことを感じていると、衣擦《きぬず》れの音とともにこれまで薫《かお》っていたものとはちがう、えも言われぬほど繊細《せんさい》な芳香《ほうこう》が鼻先をくすぐった。見ると御簾むこうの母屋、そのずっと奥にある昼御座《ひるのおまし》に誰かが腰を下《お》ろしたところだった。それが梨壺女御《にょうご》であることは瞭然《りょうぜん》だった。

「そなたが伊勢《いせ》を快癒《かいゆ》に導いた女医、安《あん》瑞蓮ですか？」

そう問うたのは奥深い位置に座った高貴な女人《にょにん》ではなく、御簾際《ぎわ》にいた女房だった。身分の高い女人は下位の者とは直接口を利《き》かず女房を介するという話を聞いたことはあったが、ここにきてそれが誇張《こちょう》ではなく本当なのだと知らされた。

なんともまあ面倒な習慣かと思いはするが、このあたりも桐壺御息所《みやすどころ》との格のちがいを示しているのかもしれない。

「はい。微才ではございますが、お手伝いさせていただきました」

「そのような謙遜《けんそん》を申さずともかまいません。伊勢は女御様にご幼少から仕《つか》えている者。その大切な者を手厚く看病してもらい、あまつさえ快癒に導いてくれたのですから、女御様はいたくお喜びでございますよ」

潑剌《はつらつ》とした声の女房はまだ若い者のようだったが、物言《ものい》いから察するに、梨壺ではそれなりに地位のある才媛《さいえん》といったところだろう。

「いえ、ほんの偶然でございます」

言葉少なに瑞蓮は返した。謙遜ではない。今回の診断は安倍天文生《あべのてんもんしょう》の助言によるところが大きかった。それを自分一人の手柄《てがら》のように言うことは、いくらなんでも憚《はばか》られる。

しかし梨壺の女房達は、そんな事情など知らない。

「なんとまあ、謙虚《けんきょ》な者でありましょうか」

いかにも感心したふうの口調《くちょう》は若干大袈裟《じゃっかんおおげさ》で、瑞蓮には気恥ずかしくもあった。

「これを――」

女房の声に目をむけると、いつのまに来ていたのか別の女房がなにかを持って、廂に出てきていた。女房が手にした漆塗《うるしぬ》りの脚付《あしつ》き台には、絹三疋《ひき》と豪奢《ごうしゃ》な綾錦《あやにしき》の巾着《きんちゃく》。そして須恵器《すえき》の薬壺《やつこ》が載《の》せてあった。

「女御様からの礼の品です。遠慮なく受け取りなさい」

「いえ、治療代は伊勢局からいただいております」

あわてて瑞蓮は首を横に振った。樹雨や石上《いそかみ》医官は典薬寮《てんやくりよう》の官吏《かんり》だから、診察の内容や人数にかかわらず一定の禄《ろく》が出る。しかし瑞蓮はちがう。診察ごとに代金をもらわなくては生活が成り立たない。その旨《むね》は博多《はかた》を出るときに筑前守《ちくぜんのかみ》に伝え、彼の北の方からは規定どおりの治療代を払ってもらった。同じことを大典侍《おおすけ》から伊勢局にも伝えてもらい、その代金はすでに支払ってもらっていたのだ。

「このうえ女御様から報酬をいただく謂《いわ》れがございませぬ」

「これは、なんとも欲のない」

「さようなことはございません。必要経費に加えて、私が日々の糧《かて》を得られる分の報酬《ほうしゆう》は頂戴《ちようだい》いたしております。盧山《ろざん》の薫奉《とうほう》（中国・呉《ご》の名医。人を治療しても礼金を受け取らなかった）のような薬師《くすし》であればさようなお言葉もあたりますでしょうが、私は仕事をした分の対価はきちんといただきますので」

ゆえに支払いができずに治療を諦《あきら》めざるを得ない患者を幾人も見放してきた。もっと若いときは、良心の呵責《かしゃく》から少しぐらいなら自分が被《かぶ》ってしまおうと考えたこともあったが父に止められた。その行為が冷血や吝嗇《りんしょく》ではなく責任感からだと理解できるようになったのは、ここ数年のことだった。

過度な自己犠牲は薬師個人の破綻《はたん》のみならず、社会の甘えまで恒常化《こうじょうか》させてしまう。この場合の社会とは貧者や患者ではない。薬師個人の献身《けんしん》と善意に甘えて、社会的な構造を整えようとしない官衙《かんが》、ひいては上《うえ》つ方《かた》達のことである。

そうは分かっていても、目の前で病《やまい》に苦しむ者を見れば良心の呵責は覚える。だからこそ最低限の節度として、どんな患者からも平等に決めた以上の代金を取らずにきたのだ。ここでその約定《やくじょう》を違《たが》えるわけにはいかない。

頑《がん》として譲らぬ瑞蓮に、室の空気が次第に困惑《こんわく》の色を帯びてくる。

「なれば伊勢から受け取った代を本人に返し、代わりにそれを取るというのはいかがですか？」

御簾奥から、これまで聞いたことのない声が響《ひび》いた。

抑揚《よくよう》のない落ちついた声音《こわね》は、昼御座《ひるのおまし》の女御の口から発せられたものだった。

ここまで一言も口を開かなかった貴人の声に、瑞蓮はぽかんとして御簾奥を見つめた。

「伊勢は私の女房です。大典侍を介してあの者の治療をそなたに頼んだのは私。ゆえに私が代を払うのが筋《すじ》でありましょう」

ゆっくりと告げられた言葉は明晰《めいせき》で、声音は冷ややかな威厳《いげん》に満ちていた。声質自体は若い女人らしく高らかに澄んでいるにもかかわらず、この貫禄《かんろく》はやはり身分がなせる業《わざ》なのか。

一瞬言い含められそうになりながら、瑞蓮は気持ちを立て直した。

「たとえお支払いいただく方が女御様でも、これが過分であることにかわりはありません」

頑として礼品に手を出そうとしない瑞蓮に、困惑の気配《けはい》がさらに濃くなる。横にいた樹雨も困ったような表情で瑞蓮を見ていた。対して奥の女御も口を利かないから、いつしか御簾を挟《はさ》んでの押し問答のようになってしまっていた。

「なんとまあ、強情《ごうじょう》な」

膠着《こうちゃく》した空気を一気に吹き飛ばすような、豪毅《ごうき》で明るい語りで入ってきたのは大典侍だった。

瑞蓮は目を円《まる》くした。なぜここに大典侍が？　先導役として一緒に殿舎に入りはしたが、紹介だけしてすぐに出ていったのに。

戸惑《とまど》う瑞蓮の前で、大典侍はざっくばらんに語りはじめた。

「女御様、とつぜんお邪魔《じゃま》して申し訳ございませぬ。ご要望を受けてこの二人に御前《ごぜん》に上がるよう伝えはしたものの、いかんせん若輩者《じゃくはいもの》達ゆえ、なにか不都合があってはならぬと気になって西廂《にしびさし》から様子をうかがっておりました。案の定《じょう》と申しますか、なにやらもめているようでございますね」

「もめるというほどのことではありませぬ。ただ、そちらの女医が一徹《いってつ》すぎるのでございましょう」

澱《よど》みない大典侍の語りに、女御は直《じか》に返答した。その口ぶりには相変わらずの貫禄があったが、瑞蓮に対するものよりも少し砕《くだ》けているようにも聞こえた。

大典侍はその場に座り、瑞蓮のほうを見た。

「安瑞蓮。そなたはなにゆえ女御様のご厚意を受け取らぬ？」

「自分の仕事以上に過分な報酬をいただくわけにはまいりませぬ。さようなことをいたせば、規定の治療代しか払えぬ患者にいらぬ疑念を抱《いだ》かせてしまいます」

「要するに袖《そで》の下のありなしで、治療に差はつけぬということか」

「決めた治療代を払ってくれた患者には、平等に全力を尽くします」

瑞蓮の返答に大典侍は「なるほど」と相槌《あいづち》をうち、あらためて言った。

「なれば先払いということでどうか？　いずれにしろ、そなたはしばらく御所《ごしょ》に出入りをいたすのであろう。実は筑前守の乙姫《おとひめ》の話が広まって以来、そなたに診《み》てもらいたいと願っている女人が御所には大勢いるのじゃ。こたびの伊勢局の快癒でさらに増えるであろう」

そこで大典侍は一度言葉を切り、ふたたび御簾内にむかった。

「その対価を女御様がお支払い下さったとなれば、梨壺の者達はもちろん、内裏《だいり》の女房女官はすべて、長女《おさめ》に今良《いままいり》（ともに最下級の女官）に至るまで、みなが女御様に深謝いたしますでしょう」

「大典侍は、相変わらずうまいことを申される」

ここにきて女御ははじめて苦笑のようなものを漏《も》らした。

「内裏の女房達にどう思われようと、私はかまいません。その者が私が下賜《かし》したものを素直に受け取ってくれれば、それでよいのです」

この発言に瑞蓮は少し驚いた。礼品を受け取らせることに、そこまで女御が躍起《やっき》になっているとは思っていなかったからだ。あるいは瑞蓮も依怙地《いこじ》になっていたところがあるので、女御もそれに煽《あお》られたのかもしれない。

いずれにしろ、これ以上こじらせることは瑞蓮も本意ではない。

それに患者の支払い能力を気にせず治療にあたれるというのなら、願ったりかなったりではないか。そう気持ちを切り替えると、大典侍の「どうじゃ、安瑞蓮。そういうことで手を打たぬか」という妥協案を素直に受け入れた。


梨壺を出てから、桐壺の北舎《ほくしゃ》に入った。朱宮《あけのみや》の手当てをするためだが、その前に局を借りて、樹雨と一緒に女御からの下賜品を検《あらた》めることにした。

気になっていた綾錦の巾着の中には、なんと純銀の粒《つぶ》が入っていた。量はわずかだが単価が高いので相当の価値がある。

「こんなものをもらったら、一生ここで奉公をしないといけないじゃない」

仰天《ぎょうてん》して言う瑞蓮に、樹雨は苦笑した。

「女御からすればきっと些細《ささい》なものなのでしょう。なにしろ、いまをときめく左大臣の姫君ですからね。でも、それひとつあればけっこうな生薬《しょうやく》が買えますよ」

「人参《にんじん》も買えるわよね」

「牛黄《ごおう》も買えるかもしれませんね」

ひとまず巾着の口を閉じて、今度は薬壺の札《ふだ》を見る。

「これは……」

瑞蓮は言葉を失った。それは唐土《もろこし》渡りの薬であった。さまざまな症状に効果を示す皮膚病の万能薬で、希少品ゆえに高価で普通はなかなか手に入らないのだ。

「こんな貴重《きちょう》なものを……」

「すごいですね。さすが女御様」

樹雨もすっかり興奮《こうふん》している。銀粒のときはさして驚いていなかったのに、樹雨らしい反応といえばそうではあるが。

「この薬、宮様に使えませんか？」

遠慮がちに樹雨は尋《たず》ねた。適応か否《いな》かという意味ではない。瑞蓮の所有となった名薬を、惜《お》しげもなく朱宮に使えるのかという意味だ。

民間の薬師という瑞蓮の立場は、彼も理解しているようだ。朝廷から禄をもらう樹雨とちがい、瑞蓮は患者からの治療代で糧を得ているから、善意をたてに無償の奉仕を強要することはできない。

そんな樹雨の遠慮に瑞蓮は苦笑して返した。

「それはかまわないわ。もともとただで手に入れたものだもの」

そこで瑞蓮はいったん言葉を切った。

「だけど女御からいただいた薬を使うというのは、御息所には内密にしていたほうがいいわね」

樹雨はいま気がついたらしく、指先で口許《くちもと》を押さえると一拍《いっぱく》おいて同意した。

そんなことを知れば、あの御息所がどれほど大騒ぎをするか想像するだけでぞっとする。毒だから捨てろとか、その薬には呪《のろ》いがかけられているにちがいないなどの暴言《ぼうげん》を連発するにちがいない。

（確かに、いまの宮様の状況でこの薬はあまりにも間がよすぎる気はするけど）

朱宮の手足が不自由だということは、彼の存在を知る御所の者は皆知っている。しかし皮膚病のことはさほど広まっていない。そう考えると、女御がこの薬を瑞蓮に下賜したのは偶然にはちがいないのだが――。

思いたって瑞蓮は蓋《ふた》を開けた。

中に入っていたものは軟膏《なんこう》だった。ぱっと見ただけでは分からないので鼻を近づけて臭《にお》いをかぐ。

次《つ》いで袖をまくり、白く引き締まった二の腕を露《あらわ》にする。

とつぜんの行為にぎょっとする樹雨を無視し、瑞蓮は軟膏を少量すくって腕の内側の柔らかい部分につけた。

「なにをしているのですか?」

「念のためよ」

一瞬なんのことかという顔をした樹雨は、たちどころに眉《まゆ》を寄せた。

「そんなあくどい真似《まね》、梨壺女御はなさいませんよ」

「でしょうね。女御が朱宮様に危害を加える理由がないもの」

あっさりと瑞蓮は肯定した。確かに梨壺の女房達は、御息所に対して〝袴着《はかまぎ》〟のような暴言を吐《は》いた。しかし女御が言ったわけではない。こういう言い方をしてはなんだが、身分の低い母から生まれた身体《からだ》の不自由な皇子《みこ》など、左大臣の姫君たる女御からすれば取るに足らぬ存在にちがいない。まして女御はいまだ年若く、同じように若い帝《みかど》との間に子ができる可能性は十分にある。

つまり梨壺女御が薬になにかを仕込んで、朱宮に危害を加えようとするなどありえないのだ。

「典薬寮の人は知らないだろうけど、世の中には悪徳な商人も多いのよ。札には高価な薬品名を記していても、中身はとんでもない粗悪品だったりすることもあるからね」

「え？」

「でもこれは本物よ。朱宮様に使っても大丈夫」

瑞蓮は自分の二の腕を樹雨に見せつけた。軟膏を塗《ぬ》った箇所は白いままでなんの異変もなかった。

軟膏の効果は素晴らしかった。

あれほどかさついていた朱宮の皮膚はたちまち潤《うるお》いを取り戻し、それにより痒《かゆ》みも軽減した。

簀子《すのこ》を歩きながら、しみじみと樹雨は言った。

「すごいですね。希少な品だけありますよ」

「本当ね。あんなものをぽいっと下賜するなんて、失礼だけど女御はあの軟膏の価値をよくご存じなかった――」

「瑞蓮さん」

言い終わらないうちに樹雨に咎《とが》められ、瑞蓮はあわてて口許を押さえる。

そうだった。軟膏が女御からもらったものだと、万が一にでも御息所に知られてはならないと自分から言っておいてなんと迂闊《うかつ》なことを。

息をつめてあたりを見回し、人の気配がないことに胸を撫《な》で下ろす。

軟膏は梨壺女御からもらったものだということは乳母君《めのとのきみ》にだけ話したが、内密にしてくれるように頼んでいる。乳母君は瑞蓮達の思惑をすぐに察し、口外《こうがい》しないことを約束した。

とはいえ『袴着騒動』を考えれば、梨壺の女房達の口から伝わってしまう可能性はある。うちの女御様が恵んでやったのだと、蔑《さげす》みの言葉をぶつけるなどして。

しかしこれはどうにも防ぎようがない。そのときはそのときで対処を考えるしかないし、実際この軟膏で効果が出ているのだからそれで説得することもできるだろう。

「ごめん、うっかりしていた」

両手を顔の前にあわせて拝むようにして謝《あやま》ると、大袈裟な所作《しょさ》がおかしかったのか樹雨は声をたてて笑った。

そのまま簀子を進んで、庭に下りるための階《きざはし》に足をかけたときだった。

「お待ちください」

呼びかけられて顔をむけると、簀子を一人の女房が歩いてきていた。裾《すそ》を引きつつ近づいてきたその女房は、少し手前で立ち止まる。

黒々とした目とふっくらとした色白の頬《ほお》が可愛《かわい》らしい、あどけない印象さえ残る若い娘であった。十六、七歳といったところであろう。身に着けている装束《しょうぞく》は平《ひら》絹《ぎぬ》ばかりで豪華《ごうか》な織りも紋《もん》もないが、丁寧《ていねい》に心を砕《くだ》いて染め上げた萌黄《もえぎ》と菜の花色の衣が素朴《そぼく》で可憐《かれん》な春の山野草のように愛らしい。広げた扇《おうぎ》も簡素なもので、しかも申しわけ程度にしか顔を隠していないところが、世間擦《せけんず》れのなさの表れのようでかえって好感が持てた。

「あの、杏林《きょうりん》様に……」

大袈裟な呼称に、瑞蓮はなんともいえない据《す》わりの悪さを覚える。ちなみに杏林という語意を考えれば樹雨も当てはまるのだが、彼を呼ぶのなら普通に和気《わけ》医官であろう。

「なんでしょうか？」

「私は女蔵人《にょくろうど》で、撫子《なでしこ》と呼ばれております。実は私の背《せ》の君（恋人）が頭痛に悩んでいるのです」

「あなたの背の君が？」

「はい。中原少内記《なかはらしようないき》様です」

そんな紹介をされても、なんのことだか分からない。それにしても、中原という姓《かばね》はともかく、少内記とはずいぶん風変わりな名前である。

「内記は、御所での起草《きそう》や記録を司《つかさど》る官吏です」

樹雨から耳打ちをされて、瑞蓮ははじめて自分の勘違いに気がつく。なるほど、少内記とは役職名なのか。となると他に大内記や中内記などの役職もあるやもしれぬ。などとどうでもよいことを考えていると、撫子がぐいっと詰めよってきた。

「それで杏林様にご相談をいたしたく……」

「ちょっと待って。官吏なら典薬寮に行けばいいじゃない」

ちらちらと横にいる樹雨を見ると、彼もうんうんとうなずいている。

「はい。私もそのように勧《すす》めてはいるのですが、いまは仕事が非常に立てこんでいてなかなかその暇《ひま》がない、仕事が落ちついたら行くからと、いっこうに言うことを聞いてくれないのです」

真面目《まじめ》な人間にはよくある話だが、逆に言えば耐えられる程度の頭痛だということなのだろう。書字を仕事にする者はえてして肩凝《かたこ》りや目の疲れに煩《わずら》わされ、そこから頭痛を起こしやすい。

「確かに、いま内記所は服喪《ふくも》での欠員が出て、おおわらわだと聞いたことがあります」

　樹雨の言葉に、撫子は深くうなずく。

「そうなのです。欠勤中の内記は中原様の同僚で、そのぶん彼の負担が多くなっているのです」

「だから典薬寮に診てもらう時間もないと？」

「はい。私もここ数日お会いしておりません。早く薬師に診てもらうようにと、呪《まじな》い札《ふだ》などと一緒に文《ふみ》を渡すのですが、まだ若いから大丈夫だと、その一点張《ば》りの文が返ってくるばかりで」

「幾つなの？」

「二十一歳です」

　なるほど、油断してしまう若さではある。しかも同じ御所にいる恋人にもやすやすと会えないというのなら、そうとう忙しいにちがいない。

「それで私はいてもたってもおられず、少しでも頭痛に効《き》く療法などがございましたらぜひお聞きしたいと思い、こうして参った次第でございます」

　健気《けなげ》に撫子は懇願《こんがん》するが、基本的にお門違《かどちが》いではないかと瑞蓮は思った。中原少内記は官吏である。それなら典薬寮に頼むべきことだ。そもそも診察もしないで処方などできるわけがない。一時的に頭痛を抑《おさ》えることはできても、それは対症療法にすぎない。

等々突っ込みどころの多い撫子の要求に、瑞蓮はそっとため息をついた。

「でも少内記という立場を考えたのなら、彼が無理だとしたらあなたが典薬寮に相談したほうが――」

「なれど杏林様は、御所のすべての女人の相談に乗ってくださるとお聞きしましたので」

つぶらな眸《ひとみ》をきらきらとさせて撫子が口にした言葉に瑞蓮は耳を疑った。

「誰が、そんなことを？」

「大典侍《おおすけ》です」

「……」

「ですから煩い事があれば、遠慮なく相談してよいと仰《おお》せでした」

なるほど、確かにそんな流れにはなった。

そして梨壺女御から礼品を受け取った以上、瑞蓮は彼女達の相談をむげにはできないのだった。

表向きは樹雨が請け負ったということにして、典薬寮で調合した頭痛薬を持って内記所にむかった。

門のところでちょうど出てきた史生《ししょう》（文書を司る下級官吏）に頼んで、樹雨の名前で中原少内記を呼び出してもらう。ちなみに内記所は宣陽門《せんようもん》（内裏《だいり》の東門）にあるので桐壺北舎からはさほど遠くない。

「こういうことは、本来なら絶対に駄目《だめ》なのよ」

むっつりとして語る瑞蓮に、樹雨はこくこくとうなずいた。

「分かっていますよ。ですから仕事が一段落ついたら、必ず診察を受けるように釘《くぎ》を刺しておきましょう」

「撫子殿に泣きながら頼まれたから、しかたなく来たと言ってやるわ」

誇張だが、撫子が恋人を案じていたのは本当のことだ。

恋人同士のやりとりにこんなことを言ってはなんだが、彼女に返事を書く時間があるのなら、典薬寮に行けと叱《しか》りつけてやりたい。

ほどなくして奥から、一人の官吏がやってきた。

丸々と肥えた男だった。樹雨と同じ緑色の位袍《いほう》に包まれた身体は、華奢《きやしゃ》な彼の二倍はあろうかと思うほどに太かった。

官吏は門柱の前に立つ瑞蓮と樹雨に目をとめると、いそいそと近づいてきた。足を前に出すたびに、ぶるぶると腹の肉が揺れているように見える。

「和気医官ですか？」

まだ弥生《やよい》のはじめだというのに夏のように汗の粒を浮かべたその顔は、地蔵《じぞう》を連想させる、いかにも人がよさそうなのんびりとした風貌《ふうぼう》だった。

「はい。あなたが中原少内記？」

「そうです。なにか私に用があるとか……」

中原少内記は、横にいる瑞蓮に対して別に目立った反応は示さなかった。これだけ連日御所を行き来していたら、いい加減みなに知られていて珍しくもないのだろう。それでも異相《いそう》の瑞蓮に対しての心安い反応は、この青年の気さくな人柄を表しているように思えた。

樹雨はちらりと瑞蓮のほうを見た。

「実は貴官に用事があるのは私ではないのです」

樹雨のその言葉を受けて、瑞蓮は一歩前に出た。

「あなたの恋人の撫子殿から頼まれたのは、私のほうです」

「撫子⁉」

中原少内記は声をあげ、おろおろと語りだした。

「撫子がいったいなにを？　も、もしや私と別れたいなどと？　確かに近頃は仕事が忙しく、あまり彼女のもとを訪れることはできないでいます。それで不安を覚えさせてしまったのでしょうか？」

「……さあ？」

「どうぞ信じてください。私とて撫子と会えないことは、このうえなく辛《つら》いのです。本当ならいますぐ会いに行って、あの小鳥の囀《さえず》りのような清らかな笑い声を聞きたいぐらいです。されどいまの内記所は慌《あわ》ただしく、なかなかそれも叶《かな》わない次第なのです」

がっくりと項垂《うなだ》れたあと、中原少内記は気を取り直したように顔をあげた。

「なれど五日後には同僚も戻って参ります。彼に心置《こころお》きなく故人《こじん》の供養《くよう》をしてもらうためにも、ここが踏ん張りどころなのです」

なんだか甚《はなは》だしい勘違いをしているようだが、状況を知るためにもしばらく語らせることにする。

「しかもここで上官に評価してもらえれば、将来の展望も拓《ひら》けようというもの。そうなればなんの憂《うれ》いもなく撫子を妻に迎えることができます。ゆえにもう少しだけ辛抱《しんぼう》してほしいと伝えていただけませんか」

「私は別に、あなたの恋人への態度を注意しに来たわけではありません」

ついにうんざりとして瑞蓮は言った。一般的な女人であれば、多少は呆《あき》れつつも中原少内記の誠実さを好ましく思うものだろうが、あいにく瑞蓮にそんな感性はなかった。自分が興味半分で語らせておいてこんなことを思うのも勝手だが、時間を無駄にしたという感想しかない。そもそもこの三人の中でもっとも忙しいのは、他でもなく中原少内記であるはずなのだが。

「私は撫子殿に頼まれて、あなたのために頭痛薬を持ってきたのです」

「そうです。撫子殿は怒ってなどおられません。それどころか少内記のことをたいそう心配しておられました」

瑞蓮が若干つっけんどんになったため、取りなすつもりなのか、まるで励ますように力強く樹雨は言った。

「撫子が⁉」

樹雨の気遣いは功を奏したとみえ、中原少内記の声は弾《はず》んだ。

「なんというありがたい話であろうか。会えないことへの恨《うら》み事も言わず、そのような気配りをしてくれるとは……」

などと当人は感動しているが、瑞蓮には苦々《にがにが》しい思いしかない。

中原少内記の官吏としての責任感、撫子の恋人に対する思いやりを否定するつもりはないが、それと医療における自愛は別の話だ。

病は罰ではない。人柄や生きざまに関係なく誰にでも襲《おそ》ってくる、紛《まご》うことない禍《わざわい》だ。誠実かつ懸命に仕事をこなしていたところで、日々を養生《ようじょう》に努めなければ病につながりかねない。逆にさんざん人を泣かしてきたあくどい人間でも、生活を摂生《せっせい》していればそちらのほうが健《すこ》やかに過ごせる。

病はどんな患者にとっても禍でしかなく、けして天刑《てんけい》でも仏罰《ぶつばつ》でもないのだ。そんなもので崇高《すうこう》な志《こころざし》や些細な幸せが打ち砕かれるなど歯痒《はがゆ》くてならない。だからこそ理由など関係なく、摂生を怠《おこた》る者に瑞蓮は薬師として不満を覚えるのだ。

中原少内記などはまだ若いから、いまは勢いでやり遂《と》げられても、未病《みびょう》（病になる前の体調不良の状況）を放置しておけばいずれ病という禍を招きかねない。それは仕事の重要度や人柄の誠実さなど関係がない。

「今回だけです」

けんもほろろに瑞蓮は言った。

あからさまに不機嫌《ふきげん》な物言いに、樹雨と中原少内記はぎょっとしたような顔をする。

「撫子殿に頼まれて今回は引き受けましたが、次回からは診察なしでの処方はしません。あなたが撫子殿と夫婦《めおと》となって比翼連理《ひよくれんり》として長く過ごしたいと本当に思っているのなら、健康であることがなによりも大切ですよ」

問答に答える高名な学僧のような瑞蓮の威厳に気圧《けお》されて、中原少内記はしばしぽかんとしていた。

見かねて樹雨が返答を促《うなが》す。

「少内記……」

「おっしゃるとおりです」

中原少内記はやたらと大きな声で返事をした。

その声質も含め、瑞蓮は彼の顔色や所作に神経を研《と》ぎ澄ませた。

一瞥《いちべつ》したかぎり、そう心配するような大病はなさそうだ。頭痛のほうも職種から考えて、おそらく肩凝りや疲労からくる類《たぐい》のものだろう。そこまで考えて瑞蓮は手にしていた薬壺を、ようやく中原少内記の顔の前に突き出した。

「それほど忙しいのなら、煎《せん》じ薬を処方しても煎じる時間がないでしょうから粉薬にしました。毎回匙《さじ》一杯分を白湯《さゆ》で服用してください。起床時と就寝《しゅうしん》前、それと朝餉《あさげ》と夕餉《ゆうげ》の間のどこか空腹時、一日三回です」

「こ、心得《こころえ》ました」

中原少内記の返事を受けて、瑞蓮は彼に薬壺を渡そうとした。すぐさま手を伸ばした中原少内記だったが、握ったはずの右手から薬壺がするりと滑り落ちた。瑞蓮も樹雨も声をあげかけたが、中原少内記が素早《すばや》く左手で受け止めたことで落下は免《まぬか》れた。

三人がいっせいにため息をつく。

「危《あぶ》なかった……」

動揺を残しつつ、樹雨が安堵《あんど》の言葉を漏らした。

「すみません。暑がりで手にも汗をかくので」

そう言って中原少内記はぺこりと頭を下げた。首筋《くびすじ》やこめかみにも汗が浮かんでいる。太っている人間はおおむね汗かきだが、彼も例にもれずのようだ。

中原少内記は今度は慎重《しんちょう》に薬壺を懐《ふところ》に収め、そのついでに取り出した手巾《しゅきん》で丁寧に手をぬぐった。

「こんなに汗をかくんだから、きっと太りすぎなんでしょうね」

まるで他人事《ひとごと》のように呑気《のんき》に中原少内記は言った。なんでしょうね、ではなくあきらかに太りすぎである。肥満に対して自覚がさほどないのか、それとも危機感がないのか、いったいどちらなのか。二十一歳の若さでこの体軀《たいく》は絶対に改善したほうが良いに決まっている。

「健啖家《けんたんか》なのですね」

樹雨が問うと、中原少内記は「忙しいと食事だけが楽しみで、つい……」と頭をかきながら答えた。


それから二日。

いつものように北門から内裏に入ると、周囲がやけに騒々《そうぞう》しかった。渡殿《わたどの》を慌ただしく女房が行きかい、警護の大舎人《おおとねり》がいつもの倍はいる。

「なにかあったの？」

瑞蓮は訝し気な面持《おもも》ちでまわりを見回した。樹雨もしばらく首を傾《かし》げていたが、ほどなくして「訊《き》いてきますね」と言って、間近にいる大舎人のほうに走って行った。

　あとに残された瑞蓮は、ぼんやりと正面を眺めていた。少し先には桐壺と宣耀殿《せんようでん》を結ぶ渡殿が見える。

　やがて桐壺の方向から、唐衣裳《からぎぬも》に檜扇《ひおうぎ》をかざした女人が歩いてきた。最初は桐壺の女房かと思ったが、よく見ると大典侍《おおすけ》だった。彼女がまとった濃青《こきあお》（緑色）の唐衣は上臈《じょうろう》にしか許されぬ禁色で、桐壺の女房達が着られる格でない。

（どうして大典侍が、桐壺に？）

　疑問を覚えた直後、もしや伊勢局の件が御息所《みやすどころ》の耳に入ったのではないかと勘繰《かんぐ》った。だとしても瑞蓮にひるむところはないが、軟膏のことが知られると面倒なことになる。

　ともかく大典侍に尋ねてみようと、壺庭《つぼにわ》を突っ切りかけたそのときだった。

　大典侍の少し後ろから、白の袍《ほう》を着けた若い男性が姿を見せた。

　彼の装束《しょうぞく》に瑞蓮は怪訝《けげん》な顔をした。その青年の装《よそお》いは、あきらかに官服とはちがっていた。形状は似ているが丈《たけ》が異様に長く、裾《すそ》はまるで女人の唐衣裳装束のように床《ゆか》に広がっている。そして左右の打ち合わせの間から、こちらも女人のような緋色《ひいろ》の袴《はかま》がのぞいていた。

（なに、あの格好《かっこう》？）

興味津々《しんしん》で魅入《みい》っていると、とつぜんぐいっと肩を押さえつけられた。見ると斜《なな》め後ろに樹雨がいた。

「瑞蓮さん、座って」

「え、どうして？」

「帝です」

「!?」

ぽかんとなったその隙《すき》をつき、樹雨は力ずくで瑞蓮の肩を押し下げてしゃがみこませた。膝《ひざ》をつく等の正式な所作はあったのだろうが、そんなことも思いつかず地面に撒《ま》かれた白っぽい砂利《じゃり》にひたすら視線を落としていた。

やがて樹雨が、ふうっと息をついた。

「もう大丈夫ですよ」

瑞蓮は顔をあげた。渡殿の先には誰もおらず、多めにいた大舎人も通常どおりの人数になっていた。

「びっくりしたわ。どうして帝が急に」

などと瑞蓮は言ったが、御所という場所を考えればおかしな言い分である。なにしろここから南西に下がった位置にある清涼殿《せいりょうでん》は帝の居室なのだから。

御所に出入りするようになってひと月ほど経《た》つが、足を運んだのは北舎と宣耀殿ばかりで、一度桐壺と梨壺に入ったきりである。築地塀《ついじべい》の内郭《うちぐるわ》に囲まれた南北七十二丈《じょう》（約三百三メートル）、東西五十七丈（約二百二十メートル）の空間がどのような配置になっているのかなど、ほとんど気にしたこともなかった。

「御息所をお訪ねになられたようです」

「あら!?」

瑞蓮はなんとも間抜けな声をあげた。驚きと感心、わずかな安堵とちょっとした疑いなど色々な感情が入り混じっていた。

「珍《めずら》しいですよ。普通は帝が妃《きさき》をお召《め》しになるものですから」

「そうなの？　世間とは逆なのね」

当世の結婚は、夫が妻のもとに行く通い婚が主流である。とはいえ結婚してある程度の年数が経てば、筑前守のように夫婦で独立した家を持つことが一般的だ。

とつぜん樹雨が独り言《ひとごと》のように「そうか」とつぶやいた。

「朱宮様をあまり表に出したくないので、帝が桐壺のほうにお出向きになられたのかもしれません」

「じゃあ桐壺をお訪ねになられたのは、朱宮様にお会いになられるため？」

「そうではないのでしょうか。私には分かりませんが」

苦笑交じりに樹雨は断定をはぐらかした。そう答えるしかなかったのだろう。瑞蓮とて、出自が低い、身体の不自由なわが子のことを帝がどう思っているのかなど想像もつかなかった。

御所では朱宮を蛭子《ひるこ》と呼び、その存在をひた隠しにしている。そう言ってしまうとひどく冷たいようだが、もしも朱宮が庶民の子であれば、それこそ蛭子のように流されかねなかった。なにしろ病で動けなくなった者を路傍《ろぼう》や川べりに捨てることは、市井《しせい》ではありふれたことなのだから。

だから朱宮に対する御所の仕打ちが冷たいなどとけして思わない。世間一般の身体の不自由な者への扱いに比べればうんとましなほうなのだ——などと言い聞かせはしても不憫《ふびん》であることは否《いな》めない。複雑な思いを抱いたまま北舎にあがる。案の定、朱宮は桐壺に連れていかれて不在だった。

「直にお戻りになられるはずですが」

顔見知りの女房がそう言ったので、そのまま待つことにした。

彼女の説明によれば、帝は折りにつけ朱宮に会いに来ているのだという。樹雨の予想どおり、朱宮の姿を人目にさらすことを忍びないとして帝が自ら足を運んでいるとのことだった。

「主上《おかみ》自身、御幼少の頃は人目から隔《へだ》てられてお育ちになられましたので、なおさら哀《あわ》れと思《おぼ》し召しなのやもしれませぬ」

しみじみと女房が語った言葉に、瑞蓮は首を傾げた。

帝が人目を避けて育ったとはどういうことだ。朱宮のような事情があるのなら分かるが、帝は先ほど遠目に姿を見ただけだが、装束以外特に変わったところはないように思えた。

「なぜ帝がそのようなお育ちを？」

「菅公《かんこう》の呪いを畏《おそ》れられ、周りから隠されるようにしてお育ちになったのでございます」

今上《きんじょう》が生まれた頃、彼の兄と甥《おい》にあたる二人の東宮《とうぐう》が立てつづけに夭折《ようせつ》した。これが菅公の祟《たた》りとされたことは有名で、筑前育ちの瑞蓮も知っている。それから二十年以上経ったいまでも人々が祟りにおびえていることは、東市《ひがしのいち》を歩きまわったさいに痛感した。

二人の東宮の死因はさておき、そんな経緯《いきさつ》があれば今上が過保護に育てられたのはしかたがないだろう。人目を避ける理由はまったく違っているが、自分と同じく窮屈《きゅうくつ》な幼少時を過ごしている朱宮を哀れだと感じているのかもしれない。

（ということは、少なくともわが子と認めてはいるのね）

その点だけはほっとした。朱宮の身体状況とは関係なく、召人《めしうど》が産んだ子供をわが子とは認めぬ男親は世間に少なくない。なぜなら召人はあくまでも使用人で、妻でも妃でもないからだ。上つ方達は非情な人ばかりなどという幼稚な偏見《へんけん》はさすがに持たぬが、庶民には理解できぬ感覚があることは確かだ。

そうこうしているうちに、乳母君《めのとのきみ》に抱えられて朱宮が戻ってきた。

「和気医官、杏林《きょうりん》」

二人の姿を目にした朱宮は、乳母君の腕の中で顔を輝かせた。

処置の中にはときには痛みを伴うものもあるのに、こうも好意的に出迎えられるのは気恥ずかしいながらもありがたい。

「宮様、お帰りなさいませ」

「母上のところで、父上にお会いしてきたのじゃ」

「聞きましたよ」

やりとりを交わす樹雨の表情は、乳母君に勝《まさ》るとも劣《おと》らぬ慈愛《じあい》に満ちている。若い男性が幼児に対するものらしからぬその態度は、もちろん樹雨の人柄も大きいが、それ以上に朱宮の愛らしさが引き出したものだったのだろう。なにしろ子供があまり得意ではない瑞蓮でさえ、朱宮に対しては愛らしいと感じてしまうのだから。

(まあ、他人だからね……)

どうしても斜《しゃ》に構えた考えが浮かぶ。身内であれば将来を考え、とうぜん可愛いという感情だけでは済ませられない。してみると御息所のあの常軌《じょうき》を逸《いっ》したふるまいも、母親という自覚があるからだとも考えられる。

「宮様」

おもむろに瑞蓮は語りかけた。

処置のため、乳母君が畳《たたみ》の上に下ろしたところであった。

「なんじゃ?」

「お父上とお母上にお会いできて、嬉《うれ》しかったですか?」

親子水入らずで過ごした幼児に対し、しごく単純な問いだった。にもかかわらず瑞蓮は緊張した。

朱宮は自分の母親の荒れようをどう受け止めているのか。

だが、もしも朱宮が母親を非難するようなことを口にしたなら、不本意ながら御息所に同情してしまう気がした。

朱宮は首をもたげて瑞蓮を見上げた。黒目勝ちの愛くるしい目が真っすぐに瑞蓮をとらえている。

「うん、とても嬉しかった」

朱宮の手当てを終えて、瑞蓮と樹雨は北舎を出た。

床擦《とこず》れはほとんど治癒《ちゆ》していたし、乾燥した肌《はだ》も女御からもらった軟膏のおかげで劇的に改善した。

風瘾疹《かざほろし》はずっと出ていない。御息所が怒鳴《どな》りこんできた日の夜更《よふ》けに発症《はっしょう》して以降は良好な状態を保《たも》っている。

「百合女《ゆりめ》殿が言ったとおりなのでしょうか？」

あたかも瑞蓮の心を読んだかのような間合いで、樹雨がつぶやいた。

乳母君の侍女《じじょ》・百合女は、朱宮の風瘾疹は御息所が原因だと断言していた。現状を考えるとその可能性は確かに高い。

「どうなんだろう……」

瑞蓮は首をひねった。

「伊勢局のこともあるから、あまり決めつけたくはないけど」

「あの天文生は、〝膳に難あり〟と言ったのでしょう」

「占《うらな》いなんか、あんまり気にしなくていいわよ」

「でも伊勢局の病因が分かったのは、天文生が教えてくれたからなのでしょう」

瑞蓮から経緯《いきさつ》を聞いた樹雨は、最初のときのように晴明《はるあきら》を胡散臭《うさんくさ》げに言わなくなった。とはいえもっぱら瑞蓮が気になっているのは、そちらよりも女禍《じょか》の卦《け》なのだが。

「確かに切っ掛けは彼の占いが作ってくれたけど、人ができることを呪術《じゅじゅつ》に頼っては駄目よ」

晴明からの受け売りだが、その言い分に樹雨は納得《なっとく》したようだった。

そのまま庭に下りて北門にむかっていると「杏林様」と呼びかけられた。声がしたほうを見ると、左手の宣耀殿《せんようでん》の簀子《すのこ》に撫子《なでしこ》がいた。高欄《こうらん》を握りしめて身を乗り出している。

「お会いできてよろしゅうございました、杏林様」

様付けはいい加減止めてほしかったが、長く付き合う相手でもないので敢《あ》えて言わないでおく。しかも撫子はずいぶんと上機嫌《じょうきげん》で、まるで女童《めのわらは》のように顔を輝かせているから水をさす必要もない。

唐衣裳姿の相手を庭に下りてこさせるわけにもゆかぬので、瑞蓮が撫子のもとに足を運ぶ。後ろからさもとうぜんのように樹雨がついてきていた。

「中原少内記の具合はどうですか？」

高欄越しに瑞蓮は尋ねた。実はあのあと少内記がどうなったのか、まったく知らなかった。診察に来てくれれば状況も分かるが、そんな時間がないからこちらが訪ねることになったのだ。

「はい、お陰様で頭痛がずいぶん和《やわ》らいだと言っております。明日には同僚の方も戻ってくるとのことですから、かならず診察に行くように言っておきます」

「私ではなく典薬寮のほうにね」

苦笑しつつも、薬の効果があったことに瑞蓮は胸を撫で下ろす。

後ろから樹雨が口を挟んだ。

「少内記が今回特に頑張《がんば》られているのは、あなたとの将来のためにも上官に認められたいからだと言っていましたよ」

撫子の頬がさっと赤くなる。

「……あの方ったら、他の人にもそんなことを」

どうやら撫子にはすでに周知のことらしい。実に健気《けなげ》な恋人同士である。

診察も受けない患者に、対症療法の処方《しょほう》をする。自分の方針から著《いちじる》しくかけ離れたこの対応を瑞蓮が引き受けた最大の要因は、彼らの事情が共感かつ同情できるものだったからだ。

怠惰《たいだ》ではなく勤勉ゆえに診察が受けられない。そんな患者を冷たく突き放すのは心が痛む。撫子の素朴で素直な人柄と、中原少内記の勤勉な態度にも好感を持っていた。とはいえ今後の養生を考えると、それで済ませるわけにもいかぬ。そんな気持ちから軽く釘を刺すつもりで瑞蓮は言った。

「でも勤勉すぎるのも困り物よ。頑張る人が一人で頑張っていたら、周りはそれに甘えていいと思ってしまうことがあるからね」

内記所の詳《くわ》しい事情までは知らぬが、一般論として職場に欠員が出たのなら、慣れた一人に押し付けるのではなく全員で平等に分担すべきだ。勤勉で真面目な人間が、それゆえに損をするような世であってはならないと瑞蓮は思う。

「私が薬を届けに行ったときも、少内記はずいぶんと忙しそうだったわ」

「そうなのです。今日届いた文もよほど急いでいたようで、文字がけっこう乱れていました」

それすら愛《いと》おしいように撫子は語るが、瑞蓮は眉を寄せた。その変化に素早く気付いた樹雨が訝《いぶか》しむ顔をする。

「あんな乱れた少内記様の手蹟《て》ははじめて見ました。いえ、他の方と比べれば特に遜色《そんしょく》はないのですが、職種柄とても達筆な方なので普段との違いが――」

一寸《ちょっと》前に浮かんだまさかの考えが、瞬《また》く間に疑念に変わる。

瑞蓮は次にはもう踵《きびす》を返して走り出していた。門を飛び出したところで樹雨に追いつかれて問われる。

「瑞蓮さん、どうしたんですか？」

「急いで、内記所に行くわ」

「え、どうして？」

「説明はあとで、とにかく急がないと」

ひどく焦《あせ》る瑞蓮に樹雨は絶句していたが、すぐにただ事ではないと悟《さと》ったようだった。樹雨はぐいっと瑞蓮の腕を引くと、進行方向とは逆方向を指さした。

「そちらから行くと遠回りです。こちらから行きましょう」

内記所に入ると、中原少内記は紙に筆を走らせていた。机の端《はし》には山のように書類が積まれている。この量を一人で片づけることが普通なのかどうかは分からないが、いまはそんなことはどうでもよい。

「杏林殿、和気医官」

気配を感じて顔をあげた中原少内記は、息を切らした二人に訝し気な面持ちを浮かべた。

「どうなされたのです、そのようにお急ぎ――」

「両手をあげてみて」

「手？」

鬼気迫《せま》る口調の瑞蓮に、中原少内記はしどろもどろになる。

「いいから、両手を前にあげてみて」

「は、はい⁉」

中原少内記は筆を置き、腕をあげた。体幹と腕が直角をなしたところで「そこで止めて」と瑞蓮は命じた。

「なんですか、いったい？」

中原少内記もさすがに不服そうだ。しかし瑞蓮は取りあわず、目を皿《さら》にして二本の腕を凝視《ぎようし》した。

やがて右腕だけが少し落ちはじめた。だるくなったのかとも思えるが、左手はぴんっと伸びている。

「あれ？」

他人事《ひとごと》のような反応をする中原少内記の前で、樹雨が青ざめた。

瑞蓮の表情がいっそう険《けわ》しくなった。

「すぐに横になって」

「え？」

「いいから、ここにも宿直所《とのいじよ》ぐらいあるでしょ」

「奥にあるはずです。おそらく典薬寮と同じ造りでしょうから」

樹雨の言葉に瑞蓮はうなずき、中原少内記に言った。

「急いで。でもゆっくり、あまり刺激を与えないようにして行って」

「な、なんですか？　いったい」

緊迫《きんぱく》したやりとりを交わす瑞蓮と樹雨の間で、中原少内記は一人おろおろとしている。なんの説明も受けていない彼の立場からすればとうぜんの反応である。

「そんなことできるわけないじゃないですか。仕事がまだ残っているのに……」

「それどころじゃないの！」

怒気《どき》を露《あらわ》にした瑞蓮に、中原少内記は大きく目を瞬かせる。ここぞとばかり瑞蓮はぐいっと彼に詰め寄った。

「あなた、風病《ふうびょう》よ」

「え？」

「このまま放っておいたら、ほぼ間違いなく中風《ちゅうぶ》に進む。そうなったら麻痺《まひ》が残って最悪死ぬわよ」

風病の症状は多岐《たき》にわたるが、その中に頭痛、半身不随《ふずい》、口喎《こうか》（口許の歪《ゆが》み）、発音不能などがある。これらの症状を特に強く呈《てい》したものを中風という。中高年以上の男性に多い病で、中原少内記の二十一歳という若さは異例だった。

「若いから、あれだけ軽くて済んだのかもしれませんね」

内記所から出たところで、樹雨が言った。

「今回はね。でも今後は養生に努めてきちんと痩《や》せないと、また同じ発作《ほっさ》を起こして、今度こそ永続的な麻痺を残す可能性は高いわよ」

同じことをもっときつい口調で告げたとき、中原少内記は震《ふる》え上がっていた。よもや二十一歳で中風の危険性を指摘されるとは思ってもいなかったのだろう。考えようによっては四十歳を超えてあの体型だったら、瑞蓮ももっと早く風病を疑っていたかもしれない。

瑞蓮達が彼のもとを訪ねた少しあとから、手足の麻痺が進行し、口喎までもが出始めたのだ。撫子に文を記したときは疲れているのだろうというぐらいにしか考えていなかった中原少内記もさすがに青ざめた。

風病か中風かまでは判断がつけられなかったが、いずれにしろ症状の出始めは絶対安静が必要とされる。担架《たんか》で七条《しちじょう》の家まで運ぶ負担を考えれば、宿直所を借りたほうがよいという瑞蓮の判断で、そこで療養《りょうよう》させることにした。上官である大内記には樹雨が説明をした。

そうして徹底した安静と、厚朴《こうぼく》や薤白《がいはく》等を調合した薬湯《やくとう》を服用させることで今回はなんとか快癒を得たのだった。内記所が内裏から近い場所にあることが幸いして、撫子も頻繁《ひんぱん》に見舞いに訪れた。それも中原少内記にとって励《はげ》みになったようだ。

　数日の療養を経て、瑞蓮はようやく床上《とこあ》げを許可した。ちょうどそのことを伝えてきた帰りであった。暴飲暴食を反省した中原少内記は、療養食のおかげで一回り細くなっていたので、このまま痩身《そうしん》を維持してくれればと思う。

　色々とぼやく瑞蓮に、樹雨は励ますように言った。

「今後は内記所も中原少内記も、仕事のやり方を考え直しますよ」

「それなら、いいけど……」

　ふと瑞蓮は、先日告げられた晴明の言葉を思いだした。

　彼の〝膳に難あり〟という卦は、またもや的中したようだった。

　そうなると〝女禍〟が気になるが、ともかく晴明は陰陽師《おんみようじ》としては優秀なのだろう。占術《せんじゅつ》に頼るつもりは相変わらずないが、行き詰まったときの示唆《しさ》を得るには有効なのかもしれない。などと、らしくもないことを瑞蓮は考えた。

　宣陽門からそのまま内裏に入り、賢所《かしこどころ》（温明殿《うんめいでん》）を左手に見ながら桐壺にむかう。内記所には、朱宮のところに行く前に寄ったのだった。

　賢所から梨壺とその北舎の横を通り過ぎる。右手には内郭《うちぐるわ》がつづいている。北舎と桐壺を結ぶ渡殿が見えてきたときだった。

「御息所《みやすどころ》様！」

女房の悲鳴にぎょっとした瑞蓮の目に映《うつ》ったものは、小袿《こうちぎ》をひるがえして走る御息所だった。檜扇《ひおうぎ》で顔を隠すどころか鬼女《きじょ》のような形相《ぎょうそう》をさらし、あたかも盗《とう》賊《ぞく》のごとき勢いで渡殿に駆け上がる。

あとから追いかけてきた複数の女房達が、あわてて彼女を取り押さえる。

「御息所様、お静まりください」

「人目がございます、どうぞお戻りくださいさい」

女房達は必死でなだめるが、御息所は聞く耳を持たない。それどころか「離しなさい、無礼者《ぶれいもの》！」などと金切り声をあげている。

「あの女、今日こそ締め上げてやる！　私の朱宮を呪詛《じゅそ》したのだと白状させてやるわ」

名こそあげてはいないが、方角から考えて〝あの女〟とは梨壺女御のことであろう。召人の立場で左大臣の娘に対して不遜《ふそん》も甚《はなは》だしいが、そんな常識が通用する精神状態ではなさそうだ。

この騒動に女房達はもちろん、庭のあちこちから大舎人が集まってきた。彼らは躊躇《ちゅうちょ》なく簀子に上がると、興奮する御息所を実に手慣れた手付きで押さえこみ、引きずるようにして桐壺に連れて行った。もちろん御息所は激しく抵抗して喚《わめ》き散らしているが、多勢に無勢。か弱い女人一人の力では抗《あらが》えるはずもない。

一連の成り行きを、瑞蓮は内郭の前で呆気《あっけ》に取られたまま見守っていた。

御息所の常軌を逸したふるまいを考えれば、あれぐらい乱暴な対応もしかたがない。放っておけば御所中の人々が集まって、好奇の目にさらされてしまっただろう。

そうは分かっていても、後味の悪さは残る。もしもあれが梨壺女御なら、大舎人達ももう少し丁重《ていちょう》に扱っただろう。いや、彼女であれば畏れ多くて触れることも躊躇《ためら》ったかもしれない。そうしてもっと身分の高い近衛府《このえふ》あたりの武官を呼んで、その対応を委《ゆだ》ねたにちがいない。

なんともやるせない思いで立ち尽くしていると、横にいた樹雨がぽつりとつぶやいた。

「御入内《ごじゅだい》が決まったのかもしれません」

第五話

風癮疹《かざほろし》の原因は意外なところに

桐壺《きりつぼ》に設けられた壺庭《つぼにわ》の一角は、石蕗《つわぶき》の艶《つや》のある円《まる》い葉で広く覆《おお》われていた。初冬から咲きはじめる鮮《あざ》やかな黄色の花はすでに残っていなかったが、葉と葉の重なりの隙間《すきま》には春の七草でもある御形《ごぎょう》と薺《なずな》が芽吹《めぶ》いている。

殿舎《でんしゃ》の目隠しとして設置された立蔀《たてじとみ》の陰で、瑞蓮《すいれん》は驚きの声をあげた。

「梨壺女御《なしつぼのにょうご》の妹姫が入内《じゅだい》？」

「正確に言えば、まだ御入内とは言いませんね。今上《きんじょう》の同母弟とはいえ、いまのところ帥《そち》の宮様は一親王《しんのう》にすぎませんから」

樹雨《きう》の口から出た〝帥の宮〟の名称に、筑前《ちくぜん》に住む者としては少なからず反応する。帥の宮とは大宰府《だざいふ》の最高責任者である大宰帥を任じられた親王のことだ。もっともその実情は現地に赴《おもむ》かない遥任《ようにん》なので、小野《おの》家の人達に対するような親しみや尊敬は全《まった》くない。

「その帥の宮様の妃《きさき》に妹君が決まって、女御が怒るならともかくどうして御息所《みやすどころ》が乱心するのよ？」

「帥の宮様は、次期東宮《とうぐう》の有力候補ですから」

「だから？」

合点《がてん》がいかなかった。今上に子がいないのなら、とうぜん弟がその候補にあがるだろう。同母弟なら皇后腹であるから血統も問題がない。そこまで考えて瑞蓮ははっとする。

「え、まさか御息所は……」

その先を口にするのは憚《はばか》られたが、樹雨は瑞蓮の胸の内を察したようだった。

「帝《みかど》の唯一《ゆいいつ》の子である朱宮《あけのみや》がいるのになぜ？　ということですね」

「……」

ここまでくると痛々しいを通り越して哀《あわ》れですらあった。

たとえ朱宮が健康でも、御息所の身分を考えれば立坊《りつぼう》はほぼ不可能である。皇后腹の内親王を女皇太子に立てるほうが、まだ可能性がある。

この国においての立坊や立后《りっこう》は、資質や功績よりも母、ないしは妻側の実家の権勢に左右される。御所《ごしょ》の事情に明るくない瑞蓮でさえ知っている常識だった。逆に言えば朱宮が大臣の孫であれば、少々の身体《からだ》の弱さは無視してでも立坊されただろう。少なくとも菅公《かんこう》の呪《のろ》いだとささやかれる前に、親王宣下《せんげ》はされている。

要するに朱宮が世から認められぬ理由の大半は、母親の身分の低さに起因しているのだ。だというのに御息所はひたすら病《やまい》の所為《せい》にして、しかもその原因を他人に押しつけている。その矛先《ほこさき》はおおむね乳母君《めのとのきみ》だが、ときとして女御のように身分の高い相手にも牙《きば》をむく。

「梨壺女御の妹姫は左大臣の娘。そんな有力者が皇后腹の親王を婿《むこ》に迎えるというのなら、とうぜん彼の立坊を見込んでのことでしょう」

樹雨は断言した。役職にもない若年《じゃくねん》の一医官がここまで言えるのだから、つまりは皆が周知の既定事項なのだろう。

だとしたら御息所より、むしろ梨壺女御の心境のほうが瑞蓮は気になる。

帥の宮を妹姫の婿に迎えるというのは、ともすれば姉姫である梨壺女御の懐妊《かいにん》にはもはや期待していないというふうにも受け取れるからだ。妹の結婚話は以前より聞いていただろうが、いざその現実を目《ま》の当《あ》たりにしたときの梨壺女御の屈辱《くつじょく》はいかほどであろうか。

瑞蓮は梨壺の殿舎が建つ南の方向に目をむけた。もちろん梨壺の殿舎も、女御の姿も見ることは叶《かな》わなかった。

翌日、瑞蓮は一人で内裏《だいり》にむかった。樹雨に典薬寮《てんやくりょう》での仕事があったので、宮城《きゅうじょう》門《もん》の前で別れてきたのである。とうぜんながら樹雨も朱宮の世話だけをしているわけではない。典薬寮の医官としての仕事は他にもあるのだ。

北門から入って北舎《ほくしゃ》の前まで来ると、奥に見える桐壺の階《きざはし》を僧形《そうぎょう》の男が上がってゆくのが見えた。官僧のような丈《たけ》の長い法服《ほうぶく》ではなく、黒の裳付《もつ》けに括袴《くくりばかま》という僧兵のようないで立ちだ。御所に出入りする者の服装とは思えなかったが、それを言うのなら瑞蓮とて同じである。それどころかもっと悪目立《わるめだ》ちをしているかもしれない。

簀子《すのこ》に上がった男を、妻戸《つまど》を開けて出てきた女房《にょうぼう》が殿舎の中に導いた。

「誰、あの人？」

「陰陽師《おんみょうじ》ですよ」

誰もいないと思っての独《ひと》り言《ごと》に返事をされ、瑞蓮は悲鳴をあげそうになった。見るといつのまに来たのか、すぐ横に晴明《はるあきら》が立っているではないか。

「い、いつ来たんですか⁉」

「つい先ほどです。頼まれた呪符《じゅふ》を持ってきたのですが、杏林《きょうりん》殿の姿が見えたので声をかけました。なんだか驚かせたようですみません」

言葉ほどには申し訳なく思っていないのか、晴明はひょうひょうとしている。瑞蓮は深く息を吐《は》き、いまだ落ちつかない呼吸をなんとか整えた。

「陰陽師って、でもあれでは僧形じゃないですか？」

「官人ではない民間の法師《ほうし》陰陽師です。ですから服装は自由なのですよ」

「法師陰陽師⁉」

言われてみれば博多《はかた》の町にも怪《あや》しげな呪術者《じゅじゅつしゃ》はいるが、ひょっとしてあれらの内幾人かはそう名乗っていたのだろうか？　興味がないから気にしたことがなかった。

陰陽道の施術《せじゅつ》を陰陽寮以外の者が行うことは禁止されているから、民間というのは要するにもぐりである。それが堂々と御所に来ているのだから、どうして大した度胸である。もぐりという点では瑞蓮も同じだが、筑前守《かみ》と樹雨という二人の官人の紹介を受けている。

「あ、ひょっとして陰陽寮が紹介した人だとか？」

「残念ながら当寮には典薬寮とちがって、和気《わけ》医官のような誠実な官吏《かんり》はおりませぬ」

そう答えた晴明の表情には、彼には珍《めずら》しく気まずげな色が浮かんでいた。

瑞蓮の脳裏《のうり》に、はじめて大内裏を訪れた日に会った、黒子《ほくろ》のある陰陽師の嘲笑《ちょうしょう》がよみがえった。陰陽寮の者達が少しでも朱宮を尊重しているのなら、あんな言動は出てこない。

その彼らが御息所のために、民間の陰陽師を斡旋《あっせん》してやるはずがない。普通に考えて、陰陽寮に相手にされない御息所がやむにやまれず民間の陰陽師を呼び寄せたとするべきだろう。そのうえで効果があるかないかも分からぬ朱宮の平癒《へいゆ》祈願を依頼して——。

そのせつなである。

まるで奇襲《きしゅう》のようにとうとつに、その考えが思い浮かんだ。

験者《げんざ》に依頼する内容は平癒だけではない。いや、どうかするとこちらのほうが主流になることもある。

それは、呪詛《じゅそ》だ。

梨壺女御に対する逆恨《さかうら》みをむき出しにしていた御息所が、よからぬことを企《たくら》んでいたとしたら——。

「それにしても」

晴明の声に、瑞蓮は物思いから立ち返った。

自分の妄想《もうそう》に肝《きも》が冷えた。証拠もないのに、とんでもないことを考えてしまっていた。呪詛は死刑に処せられかねない重罪である。そんな疑いを安易《あんい》に他人に抱《いだ》くものではない。そう自分を戒《いまし》めていると――。

「桐壺の方々は、なんの用事があってあのような者を呼び出したのでしょうね」

まさしくこちらの心を読んだような晴明の疑問に、瑞蓮はぎょっとする。

目があうと、晴明はどこか得意げに見える笑《え》みを浮かべた。

「実は占《うらな》ってきたのです」

胡散臭《うさんくさ》げな顔をする瑞蓮に、晴明は目の前に建つ北舎を指さしてみせた。

「艮《うしとら》の方角に卦《け》が出ましたよ」

艮とは鬼が出入りするとされる、いわゆる鬼門《きもん》。方角的には北東である。もっとも現状の瑞蓮達の立ち位置からでは北舎は南東にあたるから、陰陽寮から見た方向であろうが。

「どんな卦が出たのですか？」

「実にくだらない卦です」

そう言って晴明は、虫でも払うようにはらはらと顔の前で片手を振った。そうしてすすっと足を進め、簀子の前に膝《ひざ》をつく。なにをするのかと訝《いぶか》しむ瑞蓮の前で、冠《かんむり》を片手で押さえつつ腹這《はらば》いになって床下《ゆかした》にもぐりこんだ。

御所の床は、実はさほど高さがない。階が数段しかないのだから、それも然《しか》りである。例外は紫宸殿《ししんでん》で、ここだけが十八段の階を持つ高床《たかゆか》である。

「ちょ、なにを……」

驚きの声をあげる瑞蓮だったが、晴明はすでに奥に進んでおり、その姿は見えなくなっていた。後を追うこともできず、かといって声も届かないようで、瑞蓮はなす術《すべ》もなくその場に立ち尽くしていた。

どれくらい経《た》っただろう。ごそごそと音をたて、ようやく軒下《のきした》から晴明が出てきた。肘《ひじ》をついて起こした身体と顔は土まみれになっていた。鼻の頭や頬骨《ほおぼね》の先などは擦《す》りむいているようだ。

立ち上がって袍《ほう》についた土をはらったあと、晴明は会心《かいしん》の笑みを浮かべて右手を突き出した。

「ほら、やっぱりありました」

彼が握っていたものは、一見木簡《もっかん》に見間違えるほど貧相《ひんそう》な人形《ひとがた》だった。

「これは？」

「呪物《じゅぶつ》ですね」

瑞蓮は顔を強張《こわば》らせた。

御息所が梨壺女御を呪詛するため法師陰陽師を呼びつけた。そんなことはないと否定したばかりの先ほどの疑念は、よもや本当のことだったのだろうか。

「朱宮様の名前が記《しる》してあります」

「え？」

晴明の言葉に瑞蓮は耳を疑った。

ならば呪詛を受けているのは、梨壺女御ではなく朱宮ということになる。

「いったい誰がそんなことを？」

「単純に考えれば、朱宮の存在が疎《うと》ましい者ですね」

「そんな人は……」

その先の言葉をさすがに濁《にご》したが、普通に考えているわけがない。

勢力争いの視点からすれば、酷《こく》な言い方だが召人《めしうど》が産んだ身体の不自由な皇子《みこ》など、哀れみこそすれ抹殺《まっさつ》するほどの価値もない。それぐらいなら実の親が将来を悲観してというほうが説得力がある。それこそ蛭子《ひるこ》を流してしまった伊弉諾《いざなぎ》・伊弉冉《いざなみ》のように――。

そこまで考えて瑞蓮は、いま晴明が出てきたばかりの床下に目をむける。

晴明が腹這いになって移動していたため、土がごっそりと削《けず》り取られていた。人知れずにこんなところに呪物を仕込むことは容易ではなかっただろう。

（まさか……）

無意識のうちに、ごくりと唾《つば》を呑《の》む。

「杏林殿」

とつぜん晴明が呼びかけた。

「後継問題とは関係がなくとも、逆恨みでしかない感情を憎悪《ぞうお》にまでたぎらせる人間というのはいますよ」

訳知り顔で晴明は語るが、具体的に誰を示唆《しさ》しているのかが瑞蓮には分からなかった。困惑していると、晴明は喉《のど》の奥をくすりと鳴らして笑った。

「あくまでも例《たと》えばですよ。内裏女房の中には、同僚でありながら帝の寵《ちょう》を賜《たまわ》った御息所に良い感情を持たぬ者もいるでしょう。あるいは子に恵まれぬ女人《にょにん》にとっては、子を産んだというそのことだけで嫉妬《しっと》の対象になるやもしれませぬ」

理はあるが釈然《しゃくぜん》としなかった。

確かに帝から寵を受けたとき、御息所は御所の女達の羨望《せんぼう》と嫉妬の的《まと》となっただろう。しかし朱宮が成長するにつけ、それが〝ざまあみろ〟という感情に変化したことは想像に難《かた》くない。そもそもいまの御息所の不穏《ふおん》な状況を見れば、嘲《あざけ》りこそすれ嫉妬する者はいないように思う。

ふと見ると晴明は、手の中で人形を弄《もてあそ》んでいる。人を呪う呪物だというのに、それを扱う手付きはまるで玩具《おもちゃ》に対するもののようだった。

さすがに気味が悪くなり、瑞蓮は尋《たず》ねた。

「それで、その呪物をどうするつもりですか？」

「ああ、祓《はらえ》は私がしておきます。ご心配なく」

「え？」

驚きの声をあげたあと、おそるおそる瑞蓮は訊《き》く。

「どこにも訴えないのですか？」

「それも考えたのですが、このまま内密に処理をしておいて、犯人に呪詛が継続していると思わせておいたほうが面倒臭くないでしょう」

軽々しい物言《ものい》いではあるが、納得できる言い分である。呪詛が有効であると思わせておけば、犯人が新たに呪詛を行う心配はない。

道義的な面から全面同意というわけにはいかぬが、瑞蓮からすれば、もともと子供だましでしかない呪詛を見て見ぬふりをするなど容易《たやす》いことだった。

誰が誰を呪ったところで、呪詛を信じぬ自分には関係ない。薬師《くすし》として目の前の症状に誠実に対応するだけである。呪詛よりも恐ろしいのは、わずか四歳の子供にそこまでの強い悪意を持つ人間がいることだった。

果たしてそれは誰なのか——瑞蓮はぐるりと首を回し、建ち並ぶ檜皮葺《ひわだぶき》の殿舎を一瞥《いちべつ》した。この位置からでは桐壺とその北舎、せいぜい梨壺の北舎ぐらいまでしか見ることはできなかった。

「分かりました。ではお任《まか》せします」

そう瑞蓮が言うと、晴明はこんっと自分の胸を叩《たた》いて見せた。

呪詛というものは、御所では頻繁《ひんぱん》に行われるものなのか？

文献《ぶんけん》を見るために典薬寮にむかう道すがら尋ねると、樹雨は目を円くした。

「いきなり、なにを訊くんですか？」

「ほら、御息所が梨壺女御が朱宮様を呪詛したと疑っていたじゃない」

声をひそめて瑞蓮は言った。晴明が見つけた呪物は内密に処理することになったから、たとえ樹雨でも事情の説明はできなかった。

御息所の名に、樹雨は渋い表情になった。

案の定《じょう》、御息所の愚行《ぐこう》は御所中に広まって笑いものとなっている。たかが召人の女御に対するとんでもない暴挙《ぼうきょ》は、本来であれば処罰されてしかるべきことだ。しかしなにもなかったのは、哀れみと嘲りのほうが強かったからだろう。

「呪詛ですか。それなりにありますよ」

「本当に効果があるの？　だって見つかったら重罪なのでしょう。それだけの危険をおかすのなら、絶対に効果がなければわりにあわないじゃない」

「それがですね――」

樹雨はなんとも言えない表情で、都《みやこ》の呪詛状況について説明をはじめた。

そもそも呪詛という行為は違法だから、とうぜんながら官僧や官人の陰陽師は請け負わない。

そこで出てくるのが、市井《しせい》で活動する遁世僧《とんせいそう》や法師陰陽師だ。

呪詛が発覚した場合にもっとも厳しく罰せられるのは、依頼者ではなく実は施術者だった。たいていは流刑《るけい》という厳しい処分が下されるが、これが数年で戻ってこられる場合がほとんどなので、依頼者から十分な報酬《ほうしゅう》を受け取れるのなら敢《あ》えて罪をかぶろうという者も後を絶たない。

「え、昔は呪詛をしたら皇后や親王でも死を賜っていたんじゃなかったの？」

いつだったか聞いた都の噂《うわさ》を口にすると、樹雨は苦笑しつつ首を横に振った。

「そんな物騒《ぶっそう》な話は南都《なんと》（奈良）の時代か、もしくは遷都《せんと》（この場合は平安京遷都七九四年）直後の頃だけですよ。だいたい死刑がもう百年以上執行《しっこう》されていませんからね」

「そうなの⁉」

素直に驚いた。漠然《ばくぜん》とだが、殺人や国家転覆《てんぷく》の大罪を犯した者は死罪なのだろうと思いこんでいた。考えてみれば事件が起きたときは騒いでも、捕縛《ほばく》された者がどのような処分を下されているかなど、被害者か加害者の身内でもないかぎり与《あずか》り知らぬところである。

（唐土《もろこし》のように、九族にまで処罰が及ぶことはさすがにないのね）

かつて父から聞いた唐《とう》国での厳罰は、事実上の一族殲滅《せんめつ》だ。

いずれにしろ呪詛というものは、都ではあんがい安易に行われているようだ。

「数年の流罪を覚悟のうえというのなら、けっこうよい対価のはずよね。相場はどれぐらいなの？」

ここまでしつこいと、さすがに樹雨が怪訝《けげん》な顔をした。

「どうしたんですか？　ひょっとして誰か呪詛したい相手でも……」

とんでもない誤解に瑞蓮はあわてた。

「馬鹿々々しい。信じていないものに対価は払えないわよ」

「そうですよね。瑞蓮さんが呪詛の効果を信じていたらびっくりしますよ」

樹雨は納得したようで、それ以上は訊いてこなかった。そこはほっとしたが、瑞蓮の中にはもやもやしたものが残っていた。北舎の床下から呪物が見つかったことを言えるのであれば、本当は樹雨に訊いてみたかった。

朱宮を呪詛したのは、御息所ではないのか？

将来を悲観、あるいは煩《わずら》わしさから、親がわが子を殺《あや》める話は先史の時代からずっとある。蛭子神話などその典型だ。要するに子殺しなど普遍的で驚くに値《あたい》しない犯罪なのだ。

もちろん晴明が言ったように、御息所への嫉妬から朱宮を害しようと考える者の存在も考えられる。しかし北舎にかぎらず狭い殿舎の床下の奥に、人目につかずに呪物を仕込むなど容易なことではない。北舎の状況をある程度知っている者か、あるいは警備の大舎人《おおとねり》達を動かせるほどの権力を持つ者しかできない。御息所に嫉妬をした、かつての同僚ぐらいではまず無理である。

それができるのは前者は御息所で、後者は子に恵まれぬ二人の女御達だ。ただし王女御《おうのにょうご》は母の実家に里帰りをしていて数ヶ月ほど宮中にはいないというから、必然的に除外される。なんでも母親の体調が優《すぐ》れないのだという。ちなみに王女御の母方の祖父は、菅公を大宰府に追いやった藤原時平《ときひら》である。

御息所と梨壺女御のどちらが疑わしいかと言えば、個人的な印象でしかないが瑞蓮にとっては圧倒的に前者であった。

親の理想どおりに育たなかった子をなんとか矯正《きょうせい》しようと足掻《あが》きつづけ、それが叶わないとなると亡き者にしようとする。利己的としか思えぬ行動も〝子の将来を悲観して〟と言ってしまえば親心として痛ましくも聞こえる。

だがそうなると、御息所の依頼を受けた自分達は、なんのために朱宮の治療にあたっているのだろうとも思う。現状の治療では多少の苦痛を緩和《かんわ》することはできても、けして御息所の理想どおりには育たないのに。

(別に御息所のために、朱宮様を治療しているわけじゃない)

そう割り切ろうとしても、腹の底には怒りとも鬱屈《うっくつ》ともつかぬ感情がとぐろを巻いている。

「あ……」

典薬寮の前で、樹雨が短く声をあげた。瑞蓮も物思いから引き戻されて、樹雨の視線を追う。典薬寮の門前に石上《いそかみ》医官――崇高《むねたか》が立っていた。

よりによってこんな心境のときに、気まずい相手と鉢合《はちあ》わせてしまった。医官である崇高が典薬寮にいるのはあたり前で、瑞蓮のほうこそ部外者だからずいぶん身勝手な言い分ではあるのだが。

「石上医官、どちらに参られるのですか？」

樹雨は屈託のなさを装《よそお》っているが、瑞蓮を横に置いて崇高と話すことに多少は緊張しているだろう。ならば今回は樹雨の顔をたてて大人《おとな》しくしていよう。自分の所為《せい》で樹雨に、陰陽寮のみならず典薬寮にまで敵を作らせてしまっては申しわけない。そう考えて瑞蓮は一歩下がって黙《だま》っていたのだが。

「いや。安《あん》殿に話があるゆえ待っていたのじゃ」

崇高の口から出た自分の名前に瑞蓮は目を瞬《また》かせる。前回の経緯《いきさつ》からすれば不穏なことしか思いつかずに瑞蓮は身構《みがま》えた。

「私にですか？」

「伊勢《いせ》殿を完治《かんち》させた手腕には感服いたしした」

想像もしなかった発言にぽかんとなる。一瞬自分が聞き違えたのかと思ったほどだ。なにしろ崇高の言いようときたらひどくぶっきらぼうで、およそ称賛《しょうさん》しているとは思えない口調《くちょう》だったのだから。

「脚《あし》の気《け》などと思いもしなかった。安殿が診立《みた》てなければ伊勢殿はまだ苦しんでいたやもしれぬ。担当医官として礼を申し上げる」

物言いは変わらずぶっきらぼうだが、やはり聞き違いではなかった。

つまり崇高は、瑞蓮に礼を言うためにここで待っていたのだ。

軽く混乱したままじまじと見つめていると、崇高はひどく居心地《いごこち》が悪そうに視線をそらした。だが短い沈黙のあと、彼は視線を元に戻して語りはじめた。

「私なりに模索《もさく》していたつもりだったが、行《ゆ》き詰《づ》まった苦しさから諦《あきら》め……いや、考えることから逃げてしまっていた。周りの医官達も〝気病《きや》み〟であろうと口を揃《そろ》えていたゆえ、それをよいことに疑うことすらしなかった。なにせそのほうが楽だからな。いやはや、面目《めんぼく》ない話だ」

ははは……と自嘲的《じちょうてき》な笑いを漏《も》らしたあと、あらためて崇高は言った。

「されど安殿は逃げなかったのだな」

「……運がよかっただけです」

くぐもった声で瑞蓮は返した。覇気《はき》のない声を照れたゆえと思ったのか、樹雨も崇高も苦笑しただけだった。

居たたまれなかった。

確かに伊勢局からは逃げなかった。中原少内記《なかはらしょうないき》からも逃げなかった。けれど朱宮からは逃げたいと思っている。そんな心境でいるところでの崇高の言葉は、鏃《やじり》のように胸に突き刺さって力なく返答するのが精一杯だったのだ。

その日の夕刻。帥の宮の立坊が内定した。

立坊内定の翌日。乳母君が朱宮の治療を終えた瑞蓮に、御息所が呼んでいる旨《むね》を遠慮がちに告げた。

「私も呼ばれておりますので、ご一緒致します」

とうぜんながら乳母君の表情は晴れない。それは瑞蓮も同じだが、少なくとも乳母君よりは気楽な気持ちでいられる。御息所は瑞蓮の主人ではないし、自分の使用人でもない者を罰するほどの権力は彼女にはない。だからこそ典薬寮も陰陽寮も御息所を蔑《ないがし》ろにしているのだ。

なればいま瑞蓮の横で浮かない顔をしている乳母君も、下手《へた》な義理立てなどせずに御息所のもとを辞してしまえば、あれほどの理不尽《りふじん》に耐える必要もない。御息所の立場を考えれば、桐壺の俸禄《ほうろく》がそれほど良いとも思えない。にもかかわらず乳母君が出てゆかないのは、御息所ではなく朱宮に対する情なのだろう。

憂鬱《ゆううつ》と不安を抱きつつ桐壺に入る。案内された廂《ひさし》の間に腰を下ろすや否《いな》や、御簾《みす》むこうの御息所が硬い声で言った。

「そなたが朱宮の治療に、梨壺女御の薬を使っているというのはまことか？」

ついにきたかと、瑞蓮はため息をつきたくなった。

梨壺の女房達の高慢《こうまん》さを考えれば、なにかの弾《はず》みで「薬を恵んでやった」などと桐壺の女人達に言っても不思議ではない。あるいは御息所本人に言った可能性だってある。なにしろもとは同僚なのだから。

このあと起こるであろう癇癪《かんしゃく》にうんざりしながらも、瑞蓮は腹を括《くく》った。

「まことでございます」

「そなたは宮を殺す気か！」

なんとも直截《ちょくせつ》な暴言だが、ここまでくるとかえって清々《すがすが》しい。

瑞蓮には、ごまかすつもりも取りつくろうつもりもなかった。乳母君の暴言は、人として共感ができるから聞かなかったふりができた。しかし御息所のそれはそんなものをとっくに超えていた。

「なぜそのように物騒なことを仰《おお》せでしょう？」

臆《おく》することなく瑞蓮は返した。

「あの薬は天下の名薬。皮膚病を患《わずら》う患者にとって、まさに仏《ほとけ》が慈悲《じひ》の手を差し伸べてくれたかのように素晴らしい効果を発揮します。現に宮様の床擦《とこず》れもほぼ完治し、痒《かゆ》みを訴えられることもなくなりました」

「たわけたことを申すな！　宮はいまだに一人で立ち上がることもできぬではないか。分かっておるのか、あの女の呪詛の所為で宮はいまのような状態になっておるのじゃ。こたびの薬にも毒が入っているにちがいない」

御息所はがなりたてた。責任転嫁《てんか》の矛先が、乳母君の乳《ちち》から女御の呪詛ときた。被害妄想もここまでくると、もはや感心の域に達してしまう。

「皮膚病の薬と申し上げました。このさいですから御息所様にはあらためて申し上げます。私が朱宮様の治療にあたっているのは皮膚病と床擦れのみで、手足の動きではございませぬ」

少なくとも樹雨からその旨は伝えられているはずだった。だというのに初対面のときから食い違う印象が否《いな》めない。この段階で乳母君は顔色《がんしょく》を失い、はらはらして瑞蓮を見ていた。

案の定、御息所は金切《かなき》り声をあげた。

「さような治療、歩みもできぬ状態でなんの意味がある！」

わが子に対するあまりの言動に、瑞蓮は愕然《がくぜん》とする。

つまり自分の理想どおりの姿でないのなら、苦痛を和《やわ》らげる治療などせずともよいということである。

晴明が見つけた呪物を思いだし、御息所に対する疑念がいっそう深まる。

そうなのか？　やはり朱宮を呪詛したのは御息所なのか？

「なにもかも、あの女のせいよ！」

御息所は叫《さけ》んだ。

「あの女が私と宮のことを呪ったに決まっているわ。でなければあのように面妖《めんよう》な状態になるわけがない。自分に子ができぬから、主上《おかみ》の子をお産みもうしあげた私のことを妬《ねた》んで――」

呪詛そのものが発覚してもいないというのに、しきりに梨壺女御を呪詛犯に仕立ててあげようとしている御息所のふるまいは、どう考えても疑わしかった。

そうやって一人で喚《わめ》き散らしていた御息所は、とつぜん思いついたように周りにむかって叫んだ。

「きっとそうよ。お前たち、呪詛の証拠を捜しなさい。どこかにあるに決まっているわ」

しかし女房達は誰一人動こうとはしなかった。困惑《こんわく》しているのは明らかで、そもそも証拠を捜せと命ぜられたところで、唐衣裳《からぎぬも》を着た彼女達が即座に動けるわけがない。

やがて一人の女房が「で、では大舎人に……」と遠慮がちに言った。

あのとき瑞蓮は、朱宮を呪詛したのは御息所ではないかと疑った。

とうぜんながらそのときの瑞蓮の脳裏に浮かんでいたものは、晴明が見つけだし処分したはずの呪物だった。

しかしいまの御息所の発言で、別の考えが思い浮かんだ。

御息所は梨壺女御に、呪詛の冤罪《えんざい》をかけようとしているのではないだろうか。

あらかじめ仕込んでおいた呪物をここぞとばかりに発見させ、梨壺女御の仕業《しわざ》だと訴えるつもりなのではないのか。

わが子を捨てる、ときには殺める親が後を絶たない世にありながら、なぜか人は親の愛情、特に母親の子に対する愛には妄信にも近い信頼を寄せている。朱宮を呪う呪物が見つかったとき、御息所を疑う人間はまずいないだろう。そう考えると真っ先に御息所を疑った自分の感性は、そうとう冷徹《れいてつ》なのかもしれない。

ともかく朱宮を呪う呪物が見つかったとき、呪詛犯として梨壺の女御の名があがることは不自然ではない。もっとも女御が疑われたところで、疑念の段階でもみ消される可能性が高いし、よしんば事件化したところで、樹雨の話を聞いた限りでは、誰かが罪をかぶって数年地方に身をひそめるということで終わるのが関の山だ。

いずれにしろ呪物はない。つい最近まではあったが、晴明がすでに処分してしまっている。大舎人達の働きは徒労に終わるだろう。

（馬鹿々々しい……）

ひどく白《しら》けた気持ちになった。

瑞蓮は母屋《もや》の騒ぎから目をそらし、ふうっと息をついた。騒がしい殿舎の中、その瞬間だけまるで時が途切れたように他の音が途絶《とだ》えた。そうして瑞蓮のため息は不幸にも御息所の耳に入ってしまったのだ。

「なんなの、お前は……」

恐ろしいほどに怒気を孕《はら》んだ御息所の声に、瑞蓮はぎくりとした。

おのれの迂闊《うかつ》なふるまいに臍《ほぞ》をかんだときはすでに手遅れで、御息所が御簾を割って飛び出してきた。髪と小袿《こうちき》をひるがえしてつかみかかってこようとした御息所の腕を、瑞蓮はつかんだ。瑞蓮は特別強力《ごうりき》でもなく、背が高いだけでむしろ細身だった。それでも御息所のような宮中暮らしの小柄《こがら》な女人の動きを阻《はば》むなど造作もない。

腕をつかまれたまま御息所は喚き散らした。

「放しなさい！　この無礼者《ぶれいもの》」

「放したら殴《なぐ》るでしょう」

負けじと瑞蓮は返した。

「私はあなたの侍女《じじょ》ではありません。このような理不尽を働かれる謂《いわ》れはありません」

仮に侍女であっても殴ってよいことはない。

相手が女御や皇后であれば、こんな理屈は通じないのだろう。しかし御息所はたただの召人だ。医官や陰陽師達の不遜《ふそん》な態度に同調するつもりはないが、だからといってい理不尽な仕打ちに甘んじるつもりもない。

「よくも、この私にそのようなっ！　私は主上の御子《おこ》を――」

「ではその旨を然るべきところに訴えてください。勅命《ちょくめい》か、ないしは検非違使《けびいし》庁《ちょう》からの指示であれば私も罰を受けましょう」

瑞蓮の指摘に御息所は目を剝《む》き「このっ！」と叫んで、またもや暴《あば》れ出そうとする。女房達もさすがにまずいと思ったのか、わらわらと御簾内や几帳《きちょう》の陰から出てくる。

そちらに気を取られた瑞蓮の、ほんの一瞬の隙をついてのことだった。

御息所は瑞蓮の手を振りほどき、あろうことか隣にいた乳母君に踊りかかった。

あ、と思う間もなく、乳母君の頰《ほお》が鳴った。御息所がうった音だ。なにが起こったのかとっさに理解できないでいる瑞蓮の前で、御息所は乳母君を突き飛ばして転《てん》倒《とう》させ、その上に馬乗りになった。

「お前のせいよ、お前の乳がっ……」

「止《や》めてください！」

そう言って瑞蓮が御息所を羽交《はが》い絞《じ》めにするまで、乳母君は多分二、三発は殴られただろう。

「放しなさい！　宮があんなことになったのは、この女の所為《せい》なのよ！」

「そんなわけがありません。病はただの横禍《おうか》です。誰の所為でもありません！」

しごく正当な瑞蓮の言い分は、興奮した御息所の耳には入っていない。もし聞き取られていたら、ものすごい勢いで反論してきたはずだ。朱宮の病を自分以外の誰かの所為にすることで、御息所はかろうじて気持ちを保《たも》っているのだから。

女房達と協力して、なんとか御息所を乳母君から引き離す。乳母君はおびえた目でがたがたと身を震《ふる》わせていた。女房達は「御息所様……」「どうぞお静まりを」などと言って懸命《けんめい》になだめている。しかし御息所は静まらず、手足をむちゃくちゃに振り回しているので、その拳《こぶし》や足が瑞蓮はもちろん女房達の身体にも勢いよくぶつかる。そのうち女房の一人が突き飛ばされて床に倒れこんだ。

「御息所様！」

我慢できずに瑞蓮は叫んだ。

「こちらの方々があなたの理不尽に耐えておられるのは、忠義や義務ではなく善意だということを理解しておられますか⁉」

もちろん他に適当な勤め先がないなど、もろもろ事情もあろう。しかし妃としての地位も与えられておらず、今後ときめく可能性もほぼなく、慈悲深いとはお世辞《せじ》にも言えない主人に彼女らが仕《つか》えている理由は、樹雨と同じで善意と義理によるところが大きい。

だというのに御息所は、彼女達の思いに報《むく》いることはない。

この瑞蓮の言葉は、御息所ではなくむしろ女房達のほうに刺さったようだ。彼女達は夢から覚《さ》めたかのようにたがいを見つめあい、そして申し合わせたように御息所を見た。

私達はなんの義理があって、この横暴《おうぼう》な女に仕えているのだろう。まるでそのことを彼女達が自覚したかのような瞬間だった。

冷ややかなその視線に、少しおいてから御息所は気がついたようだった。

このまま理不尽な行動を止めないのなら、私達は揃ってあなたを見捨てる。女房達のそんな思惑をようやく察したのか、御息所は顔を引きつらせた。

「どうして……」

短く言うと、御息所はその場に手をつきがっくりと項垂《うなだ》れた。それで瑞蓮も女房達も、彼女から手を放すことができた。

「どうして帥の宮なの……朱宮は主上のたった一人の皇子なのに」

この期《ご》に及んでそんなことを言っている神経が理解し難い。朱宮が東宮になれないのは、身体よりも母親の身分によるところが大きい。孕《はら》んだときからそんなことは分かっていてもよさそうなのに、なにゆえこの女人はそこまでわが子の立坊に執着《しゅうちゃく》するのか。

哀れみも怒りも通り越して、瑞蓮は本当に未知の者を見るような気持ちで御息所の動向を見守った。

御息所は声を震わせた。

「帥の宮なんて中宮《ちゅうぐう》の子なんだから、別に帝にならなくても将来はなんの心配もないじゃない……」

「⁉」

「なんでそこまで欲張るのよ……私の宮は将来どうなるかも分からない、寄る辺《べ》だってどうなるか分からないのに……」

そう言うと御息所はその場に突っ伏《つぷ》し、おんおんと泣きはじめた。

どう聞いたって無茶苦茶な理屈だ。どうなるか分からないからこそ東宮のような重責にはつけられないのに。

しかし瑞蓮の中で、それまでまったく理解できなかった御息所の思惑に、もしかしたらという別の考えが浮かんだのだった。

御息所は権勢欲ではなく、朱宮の将来を案じて彼を東宮にと望んでいたのではないのだろうか。そうなれば誰かが生涯にわたって世話をしてくれる。少なくとも将来の衣食住を案じる必要はない。

ならばこれまでの常軌《じょうき》を逸《いっ》した御息所のふるまいの正体は、蛭子を流すことができなかった伊弉冉の姿だったのかもしれない。

瑞蓮は膝立ちをしたまま、小刻《こきざ》みに震える御息所の背中を眺めていた。

小袿は織物だったが、大典侍のものとは比較にならないほど貧相だった。

無理矢理呑《の》みこまされた石のように、腹の底に重苦しいものが存在している。

あれもこれも、すべて朱宮の病《やまい》の所為だ。

あの病は現在の医術では治せない。いまある生命《いのち》に対するやるせない現実に薬師として息苦しささえ感じる。

いったいこの世には、なぜ病というものが存在するのだろう。手の施《ほどこ》しようのない病を抱《かか》えたまま、それでも生きねばならぬ運命《さだめ》を、誰が、なんの権利があって個人に与えたのか。

天意？　運命？　ふざけるな。いったい何様だと瑞蓮は指を握りしめた。

私は因果《いんが》も報いも信じない。病はただの禍《わざわい》だ。あんた達の気まぐれで、人はこんなにも苦しんでいる。偉《えら》そうにして、それを知っているのか！　そう天にむかって罵倒《ばとう》してやりたかった。

しかし——そうしたところで、どうせ天には聞こえない。

潮時《しおどき》だ。

一刻《いっこく》も早く博多に戻ろう。これ以上ここにいては無力感で壊《こわ》れてしまう。どのみち正気《しょうき》に戻った御息所からは馘《くび》を言い渡されるに決まっている。

自暴とも言い訳ともつかぬ感情で顔をあげた瑞蓮は、少し先で御息所を睨《にら》みつける乳母君を見た。とうぜんの反応だった。あれだけの理不尽を受けたのだから、多少の哀れを見せつけられようと同情などできるはずもない。

乳母君の髪は乱れ、よく見ると頰は腫《は》れあがっていた。あとで薬を渡してやらねばと瑞蓮は思った。

「博多に帰る？」

瑞蓮の告白を聞いて、樹雨は驚きと失望を交《まじ》えた声をあげた。

典薬寮での仕事をしていた樹雨は、どこからか御息所の騒ぎを聞きつけて御所にやってきた。そこで北門を出ようとしていた瑞蓮と鉢合《はちあ》わせたのである。宮門の外には警固役《けいごやく》の大舎人《おおとねり》がいるから、聞かれないように中に戻って話をした。

「なにを言っているんですか、急に？」

「急ではないわ。前から考えてはいたのよ。朱宮様の床擦れもずいぶん良くなってきたから、そろそろいいかと思って――」

「ですが風癮疹《かざほろし》の原因は、まだはっきりしていないですよ」

「それはおそらく気病み……」

「おかしいです」

きっぱりと樹雨は言った。その口調があまりに堂々としていたので、瑞蓮はひるんだ。まっすぐな眸《ひとみ》に見つめられるのは、心に咎《とが》めがあるからこそ堪《こた》える。言葉で抗議を受けるほうがよほどましだ。

「だって瑞蓮さん、昨日《きのう》までそんなことは考えていなかったですよね」

樹雨の断言に、瑞蓮は言葉を詰まらせる。樹雨の言い分はもっともだった。なにしろつい最近、せっかく都に来たのだから近いうちにでも清水寺《きよみずでら》に参ってみようと話をしていたのだから。

「瑞蓮さんが本当に博多に帰りたいというのなら、寂しいですけど止めることはできません。けど、そうじゃないでしょ。御息所となにがあったんですか？」

「それは……」

瑞蓮は口ごもった。話すと長くなるし、自分の心境も含めて複雑すぎる状況をうまく語れる自信がない。

そのときだった。

「杏林殿」

呼びかけられて目をむけると、北門のむこうに晴明がいた。

晴明は門をすり抜けて、瑞蓮と樹雨のそばまでやってきた。

「ちょうどよかった。人形の件についてお話ししようと思って」

瑞蓮はぎょっとする。人形というのは、桐壺の床下から見つかった呪物のことだろう。内密に処理をすると自分のほうから言っていたのに、樹雨を目の前にしてなにを言いだすのか。

「ちょっと、なにを——」

「あれは呪物ではありませんでした」

「はい？」

「ですから和気医官に聞かれても、問題はありません」

ぽかんとなる瑞蓮の横で、呪物という穏やかならざる単語に樹雨は表情を硬《かた》くした。

「どういうことですか？」

「どういうこと？」

樹雨は瑞蓮に、瑞蓮は晴明にそれぞれ問いかけた。それで瑞蓮は、樹雨にはあとで説明をするからといったん納得させて、晴明に話をするように促《うなが》した。

「あの呪物をきちんと調べてみましたら色々と不備がありまして、あれでは呪いの効力は発揮されませんね。つまりあれは呪物ではなく、朱宮様の名を記しただだの人形だということです」

得意げに晴明は語ったが、どう受け止めてよいものか瑞蓮は悩んだ。

呪物としての効力がないことを、仕込《しこ》んだ者は分かっていたのだろうか？　しかしそんなことをする意味がどこにあるのか。どちらかというと呪詛の意図《いと》はあったものの、知識不足により失敗に終わったとしたほうが正解ではないか。

だとしたら罪はどうなるのだろう？　人を殺《あや》めようとして用いた鳥兜《とりかぶと》が、実は見た目がよく似た二輪草《にりんそう》で誰も亡くならなかったとしたら、果たしてその罪は問えるものなのだろうか？　樹雨に聞かれても大丈夫だと言っていた晴明は、罪状を問えるか否か以前に、だからなんの問題もないとでも思っているようなのだが。

「瑞蓮さん、どういうことですか？」

それまで黙って聞き役に徹していた樹雨だったが、ついに耐《た》えかねたとみえて口を開いた。気難しい表情で考えこんでいた瑞蓮は、ようやく樹雨に一連の事情を説明した。

「実は私、呪物は御息所の仕業ではないかと思ったのよ」

梨壺女御を陥《おとしい》れるためか、あるいは朱宮の将来を悲観してか、もしくは身体の不自由なわが子に愛情と表裏一体のある種の煩わしさと憎しみがあったのか。

瑞蓮の憶測《おくそく》に樹雨は妙に納得した顔をしたが、晴明は首を傾《かし》げている。晴明は御息所の日頃の状態を知らない。癇癪持ちだという噂ぐらいは聞いているかもしれないが、あの乱心振りは目の当たりにしないと実態はつかめない。

「御息所とは、朱宮の母君ですよね」

とうぜんの疑問を晴明は口にした。母親が子を呪ったなどと、なんと鬼のようなことを考える女かとおびえているのかもしれない、などと思いつつ苦笑交じりに瑞蓮は答えた。

「そうです。ですがあくまでも私がそう思っただけです」

「もしも母親がわが子を殺したいと望んだのなら、こんな中途半端な真似《まね》はしませんよ」

平然と恐ろしいことを口にした晴明に、瑞蓮と樹雨は仰天《ぎょうてん》した。しかし晴明は澄ましたまま話をつづける。

「一般論ですよ」

「……子殺しは一般的なことではないでしょう」

一応瑞蓮は抗議めいたことを口にしたが、もちろん問題がそこではないことは分かっている。ひとまず晴明が〝母であればわが身を犠牲にしても子を守るはず〟と思いこんでいる男でないことは分かった。

「子の存在が煩わしいのか、あるいは先を悲観してか、理由はそれぞれでしょうけれど、悪戯《いたずら》に生きながらえさせても世話をする自分が苦しいだけですからね。呪詛であればしっかりとぬかりなくかけるか、そうでなければ自身の手で直接殺《あや》めますよ」

自信満々に晴明は言う。ここまで躊躇《ちゅうちょ》なく冷酷なことを言われると、かえって清々しい。普通は人目を気にしてなかなか口にできないものだと思う。

「では誰がこんな子供騙《だま》しな真似を――」

遠慮がちに樹雨が尋ねた。晴明の大胆《だいたん》な言葉に及び腰になっている。しかし晴明に動じた様子はなく、むしろ待っていましたとばかりに答える。

「呪詛のもうひとつの利用法として、冤罪を作るためというものがありますよ」

「それは私も考えました」

素早く瑞蓮は言った。呪物は梨壺女御を犯人に仕立てるために、御息所が仕組んだものではないかと疑った。御息所が朱宮を害そうとしたのではないか、という疑念は先程の騒動で晴れたが、こちらの疑いはまだ残っている。どう考えても八つ当たりと逆恨みだが、御息所が梨壺女御を憎んでいることはまちがいない。

もちろん梨壺女御に疑いがかけられても、普通に考えればもみ消される。だから彼女を陥れようと策略を凝《こ》らしたところでまったく無駄なのだが、そんな冷静な判断力がいまの御息所にあるはずもない――。

（あれ？）

瑞蓮はこめかみを押さえた。本当にそうなのだろうか？　御息所は自分と女御の立場のちがいを嫌《いや》というほど痛感させられて、そうとうの屈辱を覚えているだろう。その御息所が本当にそんな簡単なことが分からないものだろうか？

「ああ、よかった。まだおったのじゃな」

張りつめた空気を吹き飛ばすような明るい声に、瑞蓮は思考を止められる。

少し離れた宣耀殿《せんようでん》の簀子に、大典侍《おおすけ》が立っていた。彼女は手招きでもするかのように、派手な檜扇《ひおうぎ》をゆらゆらと揺らした。

「安瑞蓮。そなたに話がある。こちらに参れ」

桐壺での騒動のことを言われるのだろうと身構えたが、逃げるわけにもいかないので渋々《しぶしぶ》近寄る。すると大典侍は高欄《こうらん》に手をかけてしゃがみこみ、檜扇の内側でささやいた。

「派手にやらかしたそうじゃな」

幸いなことに大典侍の口ぶりに責めるような響きはなかった。むしろ失敗した娘をいたわるような物言いだった。

「……お騒がせいたしました」

「仕方がない。常があれだけ周りを傷つけておる方じゃ。人から多少厳しいことを言われたからといって、自分ばかりが被害者面《づら》もできまいよ」

なかなかに手厳しいことを言いながら、大典侍の口ぶりはけして痛快という感じではなかった。むしろ年若い御息所を痛ましく思っているような節《ふし》さえある。それで瑞蓮はなおさら気が重くなった。

大典侍は檜扇を口許《くちもと》にあて、しばし考えるように間をおく。やがてひとつ息をつくと、気を取り直したように言った。

「この間合いでなんではあるが、実は梨壺女御が、またそなたを呼んでおられるのじゃ」

梨壺女御が直《じか》に瑞蓮を呼ばないのは、御息所の勘気《かんき》を敬遠してのことだった。女御からすれば御息所など畏《おそ》れるに足らぬ身分の相手だが、内裏を平穏《へいおん》に保ちたいという大典侍の気持ちを慮《おもんぱか》っての手間である。

いったん宣耀殿に入ってから、大典侍の先導で南隣の麗景殿《れいけいでん》を介して梨壺に入る。以前と同じ廂の間に通されたあと、同じように御簾を隔《へだ》て、女房を介して話をはじめる。取り持ち役は潑剌《はつらつ》とした口調のあの若い女房だった。

「大典侍様。たびたび御手数をお掛けしてすみません」

「まあ、そんな造作《ぞうさ》もないことですよ」

女房の礼に、朗《ほが》らかに大典侍は返した。本日の唐衣《からぎぬ》は繁菱《しげびし》の地紋《じもん》を織り出した檜皮色の絹に、光沢のある香色《こういろ》の糸で唐花紋《からはなもん》を散らした二陪織物《ふたえおりもの》。表着《うわぎ》は朽葉色《くちばいろ》でこちらも織物である。大典侍にしては渋めの色合いだが、手が込んだ豪勢な衣であることはまちがいなかった。

梨壺に控える女房達も、それぞれに華やいだ装いを凝らしている。つい数刻《すうこく》前の桐壺での騒動が、別世界のことであったかのように梨壺は華《はな》やいでいた。樹雨の耳に入っているぐらいだから、同じ後宮《こうきゅう》に住む者として知らぬはずはないのに——。

とりとめもない世間話を終えて大典侍が去ったあと、女房は瑞蓮に話しかけた。

「女医殿の技量のおかげで御所の女達が健《すこ》やかにすごせるようになり、女御様はまことに感心しておられます」

「いえ、そのような……」

瑞蓮は曖昧《あいまい》に返事を濁した。

あのあと撫子《なでしこ》の他にも、肌荒《はだあ》れと月のもの（月経）の不順の相談をいくつか受けたが、どれもさほど手のかかる症状ではなく快癒に導けた。肌荒れはともかく月のものにかんして、女人達が驚くほど男性薬師への相談を躊躇していることをあらためて実感した。

もっとも相談されたところで、従来の医学が子孫繁栄《はんえい》のための産科の研究には熱心だが、婦人科となると呆《あき》れるほど貧相な知見しかないから、彼らでは大した力にはなれなかったと思う。

もちろん五十過ぎればそれだけでめでたいという人の寿命を考えれば、閉経期以降などわずかな期間だから研究が進まないのも分からぬではない。とはいえやはり女は子供を産むことが務めという考えが透《す》けて見えてもやもやはする。

瑞蓮は御簾奥にぼうっと見える女御の影を見つめた。妹姫の結婚を聞いて彼女の胸中には、いまどんな感情が渦巻《うずま》いているのか。

「実はあの薬がまた手に入ったので、そなたに譲ろうと思って呼んだのですよ」

朗らかに話しかけてきたのは、もちろん女房である。梨壺女御はなにも言わず御簾の奥でじっとしている。それでも女房達の香《こう》とはあきらかに格がちがう、雅《みやび》やかな薫《かお》りが高貴な存在を誇示しつづけている。

御簾の下から差し出された薬壺《やっこ》に、瑞蓮は戸惑った。

高価なこの軟膏は、いまのところ朱宮にしか使っていない。自分が博多に帰るとしたら今後はちがってくるやもしれぬが、女御《にょうご》と御息所の関係を考えればなに食わぬ顔で受け取ることは躊躇《ためら》う。御息所の女御に対する数々の非礼を鑑《かんが》みれば、なおさら黙っているわけにはいかなかった。

「女御様」

瑞蓮は呼びかけた。もちろん直接の返事など期待していない。

「私はこの薬を、御所の女人方ではなく主に桐壺の宮様に使わせていただいておりましたが、それでもよろしいのでしょうか？」

なれば薬を渡さぬと言われたところで、それは女御の権利である。

しばしの間があった。困惑しているのか、それまで朗らかだった取り持ち役の女房も黙りこんでいる。

やがて以前にも聞いた、女御の声が響いた。

「使ってみて効果があったのか？」

「はい。てきめんに効きました」

「なれば使えばよい。誰の子であろうと、幼子《おさなご》が苦しむ姿は痛ましいもの。だというのにあの女子《おなご》はおのれの自尊心ばかりにこだわり、子にとってなにが良いのかをまったく考えておらぬ」

淡々《たんたん》とした語り口調であったが、後半は明らかに苛立《いらだ》ちがにじんでいた。あるいは度重《たびかさ》なる桐壺での騒動を当てこすって言ったのかもしれない。

瑞蓮はわずかに眉《まゆ》を寄せた。なるほど、女御の指摘は正しい。瑞蓮とて御息所には多少同情こそすれ、好意は露《つゆ》ほども持っていない。しかし立場的にも経済的にも恵まれた女御が、単純に正論で否定するのもちがう気がした。

「御息所は色々と苦しいお立場故《ゆえ》、ご自身でもお気持ちがままならぬものかと存じます」

そう瑞蓮が言った直後、がたりと物の動く音がした。

それは女御が使っていた脇息《きょうそく》が揺れた音だった。御簾奥で影がゆらめき、女御が立ち上がったのが分かった。衣擦《きぬず》れとともに香の薫りが少し強くなる。

女房達の戸惑う気配《けはい》の中、端近《はしぢか》まで来た女御は手ずから御簾を除《の》けた。

天女《てんにょ》と見紛《みまご》うほど、臈長《ろうた》けた貴婦人がそこにいた。

小さな瓜実顔《うりざねがお》は処女雪の白さ。整った目鼻立ちの中、丁寧《ていねい》に紅《べに》を重ねた唇《くちびる》が濡《ぬ》れたように輝く。滝のように豊かな髪は烏《からす》の濡れ羽色《ばいろ》。蘇芳《すおう》に赤の裏をあわせた樺桜《かばざくら》のかさねの小袿は、唐花唐草《からくさ》の地紋《じもん》に銀糸で唐花を織りだした豪奢《ごうしゃ》な二陪織物だ。

長い睫毛《まつげ》に囲まれた、黒瑪瑙《くろめのう》のような眸が瑞蓮を見下ろす。

「なれば、なぜ子など産みもうした?」

瑞蓮は首をもたげ、女御を見上げる。

普通に聞けば、ずいぶんと乱暴な発言だった。子を育てられる地位も資質もないくせになにゆえ出産したなどと、貴人の傲慢《ごうまん》にしか聞こえない。

だが憤《いきどお》りと哀しみを同時に湛《たた》えた女御の黒い眸を目の当たりにした瑞蓮は、そういうことではないのだと思いなおした。

女御は御息所を責めているのではない。

御息所に与えて自分には子を与えなかった、天の配剤を責めているのだ。望んでも求められても子を得られぬ、女御の強烈な鬱屈が瑞蓮にははっきりと伝わった。

張りつめた空気の中、奥にいた女房の一人が取りなすように言う。

「なれど結局は、あのような御子に育ちました。卑《いや》しき身分の者が主上の寵を受けるなどと分不相応が招いた結果でございましょう」

今度こそ瑞蓮ははっきりと眉間《みけん》に皺《しわ》を刻んだ。ひどすぎる。人としての質を疑う暴言だ。女御をなだめるふりをして、自らの私怨《しえん》を吐露《とろ》しているとしか思えなかった。あるいは袴着《はかまぎ》のことを言った女房はこの人物ではないのだろうか。

しかも信じがたいことに、母屋《もや》内ではくすくすと笑いが起きている。女房達の御息所に対する、悪意をはっきりと感じる。

自分達と同じ召人の立場ながら主上の寵愛《ちょうあい》を得て、人も羨《うらや》む幸ひ人《さいはびと》（貴人の寵を受けている人）となったのもつかの間、授《さず》かった子は歩くどころか座ることさえままならぬ蛭子。彼女達からすればまさしく留飲《りゅういん》が下がったというところだろう。

御簾に手をかけたまま、女御は立ち尽くしていた。

女房達の嘲笑を背に受けた眸は、いつしか虚《うつ》ろなものとなっている。やがて薄い瞼《まぶた》が閉ざされ、かすかなため息とともに声が漏《も》れる。

「それでも、あの女子は生命《いのち》を産んだ」

ぽつりと告げられた言葉に、瑞蓮ははっとする。

その声音《こわね》には、自身の真意が理解されぬことへの絶望と諦観《ていかん》があった。

御息所への悪意に満ちた女房達の嘲笑の中で、女御の失望と孤独をひしひしと感じる。

身分、性別、才能、容姿。生まれてくる生命に求められるものは様々だ。

女御の場合、とうぜんながら男子《おのこ》を産むことを望まれる。次いで健やかであること。容姿才能に恵まれていればなおよい。そうやって生命の質に拘《こだわ》ることは、人であればとうぜんのことなのだろう。

女御とて当初はそうであったはずだ。あるいはその頃であれば、女房達と一緒に御息所を嘲笑《あざけ》っていたかもしれない。だが子ができぬことに苦しんだ彼女は、質ではない生命そのものを羨望するようになった。

胸を焦《こ》がすほどの女御のその思いは、権勢や後継のためには男子でなければ意味がないとほざく男達、健やかな子でなければ生まれてこないほうがましだったなどとぬかす女達にはとうてい理解できるものではないのだ。

男であれ女であれ、健やかであろうとそうでなかろうと、生命であることに変わりはない。

瑞蓮は下長押《したなげし》に置かれた薬壺に目をむけた。

ひょっとして、これは最初から朱宮に使われることを前提として下賜《かし》されたものではなかったのだろうか。初対面の日、不自然なほどに薬を受け取らせようとした女御の言動を思い出す。

質ではない生命の存在そのものを尊重《そんちょう》しているからこそ、少しでも朱宮の苦痛を和らげてあげたいと女御は考えたのではないだろうか。

梨壺女御が朱宮を呪詛したのではないか？　ほんのわずかだけあった疑念が、砂山が崩《くず》れるように消えてゆく。同時にこれまで心を重苦しくしていた、朱宮の悪疾《あくしつ》に対するわだかまりが少し軽くなった気がした。

瑞蓮は薬壺に手を伸ばし、貴重な品を扱うように胸に抱えこんで言った。

「こちらは生命のために、ありがたく使わせていただきます」

孤独だった女御の眸に、かすかながら光が宿ったように見えた。あるいはそれはこちらの都合の良い思いこみだったのかもしれない。本当のところは瑞蓮には分からなかった。

女御は無言のまま手を離した。支えられていた御簾がぱさりと音をたてて落ち、瑞蓮の視界からその麗姿《れいし》が消えた。


梨壺の階《きざはし》から壺庭に下りると、樹雨が待ち構えていた。

「早かったですね」

「……待っていたの？」

「だって話はまだ終わっていませんから」

とうぜん顔で言うと、樹雨は北門にむかって歩き出した。歩きながら話そうということらしい。確かに梨壺の真横で話す内容ではない。

しかしどう説明したものだろう。色々起こりすぎて、しかも心境が複雑なだけに

なにからどう話してよいのかも分からない。

ずんずんと先を行く樹雨を、瑞蓮はあわてて引き留《と》めた。

「ちょっと待って。まだやることがあるのよ」

「なんですか？　宮様の治療はもう終わったのでしょう」

「その、乳母君に――」

御息所に殴られた乳母君に、薬を処方しようと思っていたのだ。素人《しろうと》ができることといえばせいぜい濡れた布で冷やすことぐらいであろうから。

次の瞬間、ふっと霧《きり》が晴れるように別の考えが思い浮かんだ。

――まさかっ⁉

瑞蓮が桐壺の北舎に目をむけたときだった。

「杏林殿、和気医官」

聞き覚えのある明るい声の主《ぬし》は、百合女《ゆりめ》だった。

舟形袖《ふながたそで》の小袖姿の彼女は、両手に載《の》るぐらいの小さな包みを持っていた。北門を背にしているところを見ると、外に出て戻ってきたところのようだ。

「今日は大変だったそうですね」

百合女は言った。あの場に彼女はいなかったが、あらかたの状況は乳母君から聞いているのだろう。でなかったとしても、あれだけの騒ぎになったのだからどこから耳に入るはずだ。

「乳母君は大丈夫ですか？」

樹雨が尋ねた。彼も現場にはいなかったが事情を知っている。

その傍《かたわ》らで瑞蓮は、混乱する思考を懸命に整理しようとしていた。

仮に自分の推測どおりだったとしても、だからなんだというのだ。

──あれは乳母君の立場では、必要な鬱憤《うっぷん》晴《ば》らしなのよ。

自分が樹雨に言った言葉がよみがえる。そうだろう。ぽろりと出た悪意が鬱屈した思いを爆発させせないためのものであるのなら、それは見てみぬふりをしてやるべきだと思っていたのではないか。

けれどこれは、見て見ぬふりをしてよいことなのか？

朱宮を呪詛したのは、乳母君ではないか？

呪物はすでに晴明が始末をしている。そもそもあの呪詛に効《き》き目はない。ならば黙っていてもよいのではないか。実害のない悪意で乳母君の気が少しでも晴れるのなら――。

樹雨と百合女は話をつづけている。思い煩う瑞蓮の耳に、百合女の言葉が飛びこんできた。

「ええ。ですからお慰《なぐさ》めしたいと思って、奥様の好物の蕎麦練《そばねり》を作ってさしあげようと、町で買ってきたところなのです」

御息所に責められた腹いせに、朱宮の御膳《おもの》にときどき蕎麦を混ぜていた。最初のほうこそしらを切っていた乳母君だったが、百合女が買ってきた蕎麦粉を前に問いつめると驚くほどあっさりと白状した。

自分の好物が蕎麦であることを、乳母君は周りに知らせていなかった。そこに悪意はなかった。蕎麦は貧しい者のための食材で、そんな物を好むなどと人に知られたら恥《はじ》となるからというだけの理由だ。同じく上流階級の者に好まれないものが鰯《いわし》で、これは「いわし」が「いや（卑）し」に通じるからという、庶民には甚《はなは》だ理解し難《がた》い理由であった。

ともかくそんな事情もあって、乳母君はときおり百合女に調理させて、人知れずに蕎麦を楽しんでいた。

朱宮が蕎麦に〝あたる〟のを知ったのは、ほんとうに偶然だった。

半年程前。ぐずる朱宮に音《ね》をあげた百合女が、助けを求めて乳母君の局《つぼね》に連れてきた。そのとき乳母君が食べていたのが、蕎麦団子《だんご》入りの羹《あつもの》だったのだ。

朱宮は目敏《めざと》く興味を示し、自分も食べてみたいとねだった。そのときはまさかあたるなどと考えていなかったので、夕餉《ゆうげ》が入らなくなるからとなだめてほんの少しだけ食べさせた。まったくの善意だったが、その日のうちに風瘙疹《かざほろし》が出現した。

一連の過程を乳母君は泣きも喚きもせず、どうかすると開き直ったのかと思うほど淡々と語った。

樹雨は未《いま》だ信じられないという面持ちでいたが、対照的に瑞蓮はほとんど驚かなかった。あんな理不尽な仕打ちを受けつづけて、精神の均衡《きんこう》を保てるわけがないのだ。

「確かに、乳母君《あなた》が御息所から叱責《しっせき》される原因は、すべて朱宮様ですものね」

だから御息所への憎悪《ぞうお》だけではなく、朱宮に対しても愛憎表裏《ひょうり》一体の感情を抱いていたのかもしれない。

瑞蓮のこの言葉に、乳母君はまるで賛同者を得たかのように力強くうなずく。

「そうです。朱宮様の御不幸はすべて母であるご自身の所為だというのに、御息所様はその責任を私に押しつけておりました」

「風癮胗が出たのは、あなたの所為ですよ」

釘《くぎ》をさすように、ぴしゃりと瑞蓮は言った。初発はもちろん過失だが、二回目以降はあきらかに故意である。呪詛だけなら見ないふりをしてよかった。しかし故意に蕎麦を食べさせていたとしたら、これはもう見逃《みのが》せない。

それまで開き直り気味だった乳母君も、この指摘にはさすがにばつが悪いように身を竦《すく》ませる。ここぞとばかりに瑞蓮は追及をつづけた。

「それに呪詛を装って、風癮胗の原因を偽装《ぎそう》しようとしましたね」

乳母君の表情が瞬く間に強張った。まさに寝耳に水だったのだろう。さもありなん。呪物が見つかれば普通は大騒ぎになるのに、そんな話題はこれまでひとつもなかった。よもや自分が仕掛けた呪物紛い《まがい》がすでに見つかっていたとは思ってもいなかったはずだ。

乳母君が朱宮の呪詛を偽装した理由は、万が一にでも自分が疑われることを避けるためであろう。

朱宮がいかに顧《かえり》みられない存在とはいえ、今後も発作《ほっさ》が頻発《ひんぱつ》すればなんらかの調査が入る可能性はある。それで呪物が見つかれば、風癮疹《かざほろし》の原因は呪詛によるものと判断される。

呪物が見つかった場合、日頃の関係から梨壺の者達にその疑念がむけられるであろう。そうなれば左大臣の威光《いこう》でうやむやにされて終わってしまう。つまりこれ以上の真相追及は行われない。まさか乳母が故意に蕎麦を盛っていたなどとは誰も考えない。

入念すぎる自己保身には辟易《へきえき》するが、罪が問われないであろう梨壺に疑念をむけさせようとしたのは、あるいは良心だったのか。

樹雨は呆然《ぼうぜん》として乳母君を眺めている。もはやなにを言ってよいのか分からないといった感じである。

瑞蓮はひとつ息をつき、冷ややかに述べた。

「こんなことをしでかすぐらいなら、乳母の職を辞すべきだったのです」

その言葉にこれまで不貞不貞《ふてぶて》しいほどに冷静だった乳母君が、ぎゅっと唇をかみしめて瑞蓮を睨みつけた。

「私がお傍《そば》を辞したら、誰が宮様の世話をするのですか！」

挑《いど》むように乳母君は言った。故意に風癮疹を発症させた者の言い分とはとうてい思えなかったが、敢えてそこは指摘しない。

「蕎麦の量を増やしていましたよね」

乳母君はぎくりとした顔になり、先ほどの威勢が嘘《うそ》のように黙りこんだ。

朱宮の風癮疹の症状は、回数を重ねるごとにひどくなっていた。それは摂取《せっしゅ》した蕎麦の量が多くなっていたからである。精神的に追いつめられた乳母君は、その鬱憤晴らしに蕎麦の量を増やしてしまっていたのだろう。懸念《けねん》や苛立ちから日々の酒量が増えてゆくのによく似ている。

「増やしたところで風癮疹がひどくなるだけで、大した問題ではないと思っていたのでしょう」

問いとも断言ともつかぬ瑞蓮の言葉の意味を、乳母君はとっさに理解できないようだった。かまわず瑞蓮はつづけた。

「ちがいます。そんな軽いものではありません。この手の発作がひどくなると、風癮疹だけでは終わらないのです。血の気《け》が下がって呼吸が止まり、死にいたることも珍しくありません」

乳母君ははっきりと青ざめた。

「そんな……」

かすれるような声を漏らしたあと、乳母君は動揺も露《あらわ》にあらぬ方向に視線をうろつかせる。憂《う》さ晴らしに自分がしていたことが、最悪の結果を招きかねなかったのだとはじめて自覚したようだった。

しばしの狼狽《ろうばい》ののち、やがて乳母君はがっくりと項垂《うなだ》れた。下《さ》がり端《ば》がばらばらと肩の前に落ちてゆく。表面からは見たかぎりで分からなかったが、中のほうは驚くほど白髪《しらが》が目立っていた。

その有様《ありさま》を目にして、ひどく胸が絞《し》めつけられた。

こんな結果になっても瑞蓮は、乳母君の朱宮に対する愛情を疑っていない。乳母君の本心は、朱宮に対する愛情と忠誠に満ちている。でなければあんな理不尽な主人（御息所）に耐えつづけられるわけがない。さして条件が良いわけでもないのだから、普通ならとっくに辞《や》めている。

乳母君を桐壺に留《とど》めていたのは、まちがいなく養《やしな》い君《ぎみ》に対する愛情だった。だからこそ――。

「あなたが一人ですべてを背負っていたから、皆があなたに押しつけてそれで良しとしてしまっていたのです」

瑞蓮の言葉に、乳母君は伏していた顔をのろりとあげた。瑞蓮は彼女と視線を合わせた。

「でも一人でなにもかも責任を負うなんて、できるわけがないんです。だというのにそういう人は身を削ってでも頑張《がんば》るのです。そんな人がいるから周りはそれで良しとしてしまう。それどころか本当に責任を取らなくてはいけない人達まで、それで大丈夫なのだとして努力をしなくなる」

切々と瑞蓮は語った。あるいは朱宮にかんしては、他の女房達を責めることは酷《こく》かもしれない。彼女達はそれなりに献身《けんしん》していた。だが朱宮が乳母に懐《なつ》いていることと、御息所の気難しさもあってなかなか深入りができなかった。

得てして世というものは、そうであることが多い。

世の中の仕組みが成り立っていない以上、身寄りのない子供や年寄り、あるいは病人などの弱者の世話は、身近な人間の良心にのみ押しつけられる。彼らを蛭子のように川に流すことを忍びないと思った者は、わが身を削って献身する。

だけどそんなものを一人きりで背負えるわけがないのだ。過剰すぎる負担は心身の疲弊《ひへい》を招き、いずれどこかで破綻《はたん》をきたす。それが今回のような結果につながったのだと瑞蓮は思う。

治療代を払えぬ者達の世話をしはじめたらきりがない、そう戒めた父の言葉がよみがえる。あれは瑞蓮の身を案じての言葉だったのだろうと、いま目の前の乳母君を見て思う。

「真面目《まじめ》で責任感が強い、あるいは情が深い人間ばかりに負担が増えるようではいけないのです」

瑞蓮を見る乳母君の眸が潤《うる》んだ。じわりと浮かび上がった涙の膜《まく》が、たちまち目《め》尻《じり》から流れ出す。手を床について顔を伏せると、彼女は声を絞《しぼ》りだした。

「も、申しわけございません。本当に……申しわけ、ござい……」

そのまま乳母君は泣き崩れた。小刻みに打ち震える彼女の痩《や》せた背中に瑞蓮は静かに語りかけた。

「一度、宿下がりをなさって休んでください。あとは私達でなんとかします」

「あとは私達でなんとかしますって、博多に帰るんじゃなかったんですか?」

簀子に出て、少し進んだところで樹雨が尋ねた。

とうぜん言われるだろうとは思っていたので、瑞蓮は足を止めないままぶっきらぼうに返した。

「別に明日とは言っていないわよ」

「そうですよね。それにあとを引き受けると言ったのですから、そこまでは責任を持って在京してくださいね」

釘を刺すような言葉を口にしながら、樹雨の物言いはなんだか嬉《うれ》しそうだ。晴れやかな彼の横顔を見ているとなぜか気恥ずかしくなってきて、その感情を隠すために瑞蓮はふて腐《くさ》れたふうを装って「分かっているわよ」と返した。

「でも御息所から餞を言い渡されたら、どうにもならないわよ」

「それはなんとかなります」

樹雨は胸を叩いた。

「新しい乳母の手配と御息所への根回しを、私から大典侍《おおすけ》に頼んでみます。あの方も御所が荒れることはお望みではないでしょうから」

その人選に瑞蓮は納得した。

大典侍は桐壺のあらかたの内情は知っているから、乳母君が辞めると聞いてもついに耐えかねたのかとしか思わないだろう。ゆえに蕎麦の件は内密にしたまま話を進めることができそうだ。

乳母君がしたことは、れっきとした犯罪だ。罪を明るみにして彼女への罰《ばつ》を求めることが、倫理的には正しいのだろう。

だけどそんなことをしても、誰も幸せにならない。なにより朱宮の耳に入れることが憚られて、瑞蓮と樹雨はこの件を密事《みそかごと》にすることに決めたのだ。

「ところで……」

気がかりがあると、樹雨が切り出した。

「呪物の件、安倍天文生《あべのてんもんしょう》に口止めをしないで大丈夫ですか」

「大丈夫よ、あの人は」

樹雨の杞憂《きゆう》を払拭《ふっしょく》するよう、さらりと瑞蓮は言った。

「そもそも呪物が見つかったことを内密にしようと言ったのは彼なのだから、下手に騒ぎたてたら自分も咎められることぐらい分かっているでしょう」

もしかしたら今頃、誰が呪物を仕掛けたのかをうきうきとして占《うらな》っているかもしれないが、経緯《いきさつ》から結果を吹聴《ふいちょう》して回ることはしないだろう。

その言い分に納得したらしく、樹雨は安心した顔をする。

考えてみれば〝膳に難あり〟という晴明の占いは、ここにきても当たっていたわけだ。最初はただの変わり者だと思っていたが、やはり並みの天文生とは才覚がちがっているのかもしれない。

それに〝女禍《じょか》の卦〟も、世間一般の観念とはちがうが当たっていた。子を産んだ女。子に恵まれぬ女。子を育てる女。女達のそれぞれの立場が今回の騒動を引き起こしたのだ。

階を下りた先の壺庭に入ると、単刀直入に樹雨が言った。

「ほんと良かったです。瑞蓮さんが思いとどまってくれて」

「……って、いつかは帰るわよ⁉」

などと牽制《けんせい》をしつつも、照れ臭さを伴う奇妙な喜びを感じているのは否定できない。見栄《みえ》も衒《てら》いもない素直な樹雨の態度にはだいぶん慣れたつもりだが、まだまだ眩《まぶ》しく感じてしまう。まったく博多という地方から都に来て、まさか心が洗われることになるとは思いもしなかった。

少し足を進めた先の壺庭には、弥生《やよい》にふさわしい春の花々がほころびはじめていた。薄紅《うすべに》の桃花《とうか》。白き桜花《おうか》。朱色《しゅいろ》の木瓜《ぼけ》。黄色の連翹《れんぎょう》。昨日今日咲いたものではないだろうに、色々と忙しくてまったく気付かなかった。

各々《おのおの》の花を見回しながら、瑞蓮は襟元《えりもと》にあしらった毛皮を軽く引っ張った。如月《きさらぎ》に来たときにはちょうど良いと思っていたこの胡服《こふく》だったが、そろそろ暑くてやりきれなくなりそうだ。

「合着《あいぎ》を、買わないとね」

もう少し、ここにいることになりそうだから。そんな言葉は呑みこんだ。

ぼそりとした瑞蓮のつぶやきは、樹雨には聞こえなかったようだった。彼は表情を変えないまま、喜びと期待に満ちた双眸《そうぼう》で瑞蓮を見た。

〈了〉

本書は、書き下ろし作品です。

著者紹介
小田菜摘（おだ　なつみ）
埼玉県出身、佐賀県在住。沖原朋美名義で、2003年度ノベル大賞・読者大賞を受賞。
「平安あや解き草紙」「なりゆき斎王の入内」シリーズをはじめ、数々の平安物を執筆している。
その他の作品に、「革命は恋のはじまり」「そして花嫁は恋を知る」などのシリーズや、『君が香り、君が聴こえる』『お師匠さまは、天神様』などがある。

PHP文芸文庫　後宮の薬師《くすし》
平安なぞとき診療日記

2021年3月18日　第1版第1刷
2021年4月27日　第1版第2刷

著者　小田菜摘
発行者　後藤淳一
発行所　株式会社PHP研究所
東京本部　〒135-8137 江東区豊洲5-6-52
第三制作部　☎03-3520-9620（編集）
普及部　☎03-3520-9630（販売）
京都本部　〒601-8411 京都市南区西九条北ノ内町11
PHP INTERFACE　https://www.php.co.jp/
組版　朝日メディアインターナショナル株式会社
印刷所　株式会社光邦
製本所　株式会社大進堂

©Natsumi Oda 2021 Printed in Japan
ISBN978-4-569-90109-1
※本書の無断複製（コピー・スキャン・デジタル化等）は著作権法で認められた場合を除き、禁じられています。また、本書を代行業者等に依頼してスキャンやデジタル化することは、いかなる場合でも認められておりません。
※落丁・乱丁本の場合は弊社制作管理部（☎03-3520-9626）へご連絡下さい。送料弊社負担にてお取り替えいたします。

PHP文芸文庫

名作なんか、こわくない

柚木麻子 著

名作には、女子が今を生きるために必要な情報が詰まっている。若手人気作家を夢中にさせた古今東西の小説を味わう「読書エッセイ」。

PHP文芸文庫

火《か》定《じょう》

澤田瞳子 著

天然痘が蔓延する平城京で、感染を食い止めんとする医師と、混乱に乗じる者は――。直木賞・吉川英治文学新人賞ダブルノミネート作品。

PHP文芸文庫

睦月童《むつきわらし》

西條奈加 著

「人の罪を映す」目を持った少女と、失敗続きの商家の跡取り息子が、江戸で起こる事件を解決していくが……。感動の時代ファンタジー。

PHP文芸文庫

鯖《さば》猫《ねこ》長屋ふしぎ草紙(一)〜(九)

田牧大和 著

事件を解決するのは、鯖猫!? わけありな人たちがいっぱいの「鯖猫長屋」で、不可思議な出来事が……。大江戸謎解き人情ばなし。

PHPの「小説・エッセイ」月刊文庫

『文蔵』

年10回（月の中旬）発売　文庫判並製（書籍扱い）　全国書店にて発売中

◆ミステリ、時代小説、恋愛小説、経済小説等、幅広いジャンルの小説やエッセイを通じて、人間を楽しみ、味わい、考える。

◆文庫判なので、携帯しやすく、短時間で「感動・発見・楽しみ」に出会える。

◆読む人の新たな著者・本と出会う「かけはし」となるべく、話題の著者へのインタビュー、話題作の読書ガイドといった特集企画も充実！

詳しくは、PHP研究所ホームページの「文蔵」コーナー（https://www.php.co.jp/bunzo/）をご覧ください。

文蔵とは……文庫は、和語で「ふみくら」とよまれ、書物を納めておく蔵を意味しました。文の蔵、それを音読みにして「ぶんぞう」。様々な個性あふれる「文」が詰まった媒体でありたいとの願いを込めています。